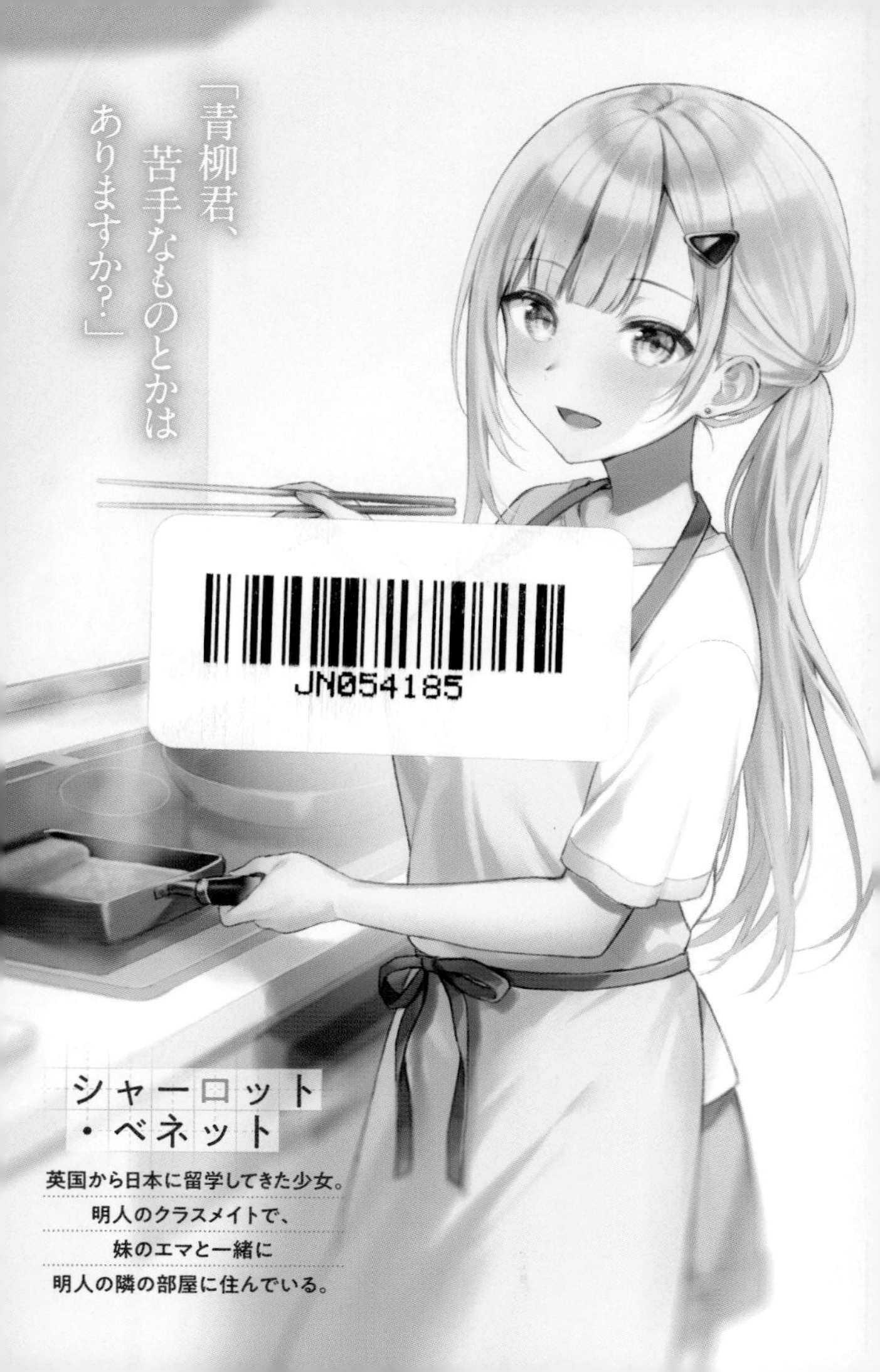
「青柳君、苦手なものとかはありますか？」
シャーロット・ベネット
英国から日本に留学してきた少女。
明人のクラスメイトで、
妹のエマと一緒に
明人の隣の部屋に住んでいる。

一糸まとわない姿のエマちゃんが、
お風呂場のドアを
開けて飛び出してきた。
その後ろには、
同じ格好をしたシャーロットさんが
俺たちを見つめながら固まっていた。

ダッシュエックス文庫

迷子になっていた幼女を助けたら、お隣に住む美少女留学生が家に遊びに来るようになった件について

ネコクロ

第一章　「美少女留学生とかわいい銀髪幼女」

「――シャーロット・ベネットです。よろしければシャーロットとお呼び下さい」

はっきり言って、一目惚《ひとめぼ》れだった。

可憐《かれん》さが窺《うかが》える上品な仕草。

長くまっすぐに下ろされた銀色に輝く綺麗《きれい》な髪。

人懐っこさが滲《にじ》み出るかわいらしい笑顔。

スウッと透き通った聞き心地のいい声。

どれもが、俺の理想そのものだった。

おそらく、男女問わず誰もが彼女を見れば心を奪われてしまうだろう。

実際クラスメイトのみんなは彼女に見惚《みと》れてしまっている。

きっと次の休み時間には、たちまち彼女はクラスメイトたちに囲まれてしまうはずだ。

それだけの華が彼女にはある。

「これからよろしくお願い致します」

彼女は全員の顔を確かめるかのように教室内を見回すと、そう言って深々と頭を下げた。

そんなシャーロットさんを見つめていると――。

「――なぁ、明人《あきひと》。俺たちラッキーだな」

後ろの席に座る親友の西園寺《さいおんじ》彰《あきら》が、俺に耳打ちをしてきた。

彰とは小学生時代からの付き合いで、悪友とも呼べるような仲だ。

彰はユースで活躍中のサッカー選手ということもあって、スポーツマンらしい短めの髪型をしており、モデルのスカウトを受けた経験があるほどに整った顔立ちをしている。

そして初対面の相手とすぐ仲良くなれるほどにコミュニケーション能力も長《た》けていて、面白いことのためなら平気で無茶をするような男だ。

そんなイケメンでコミュ力抜群《ばつぐん》な陽キャ男がみんなから慕《した》われないはずがないだろう。

確か、他校には多くのファンがいたはずだ。

しかし、彰は気に入った女の子が相手だとアクセルを踏み過ぎて引かれてしまうという欠点があり、そのせいで残念ながら彼女がいたことはない。

言ってやれば気が付いて踏みとどまるので、正直もったいない男だと思う。

――まぁそれにしても、ラッキー……か。

俺はご機嫌な親友の言葉に考えを巡らせる。

二年生の夏休み明け、これほどの美少女が留学してきたのは確かに幸運かもしれない。

だけどそれも、彼女とお近付きになれたら――だ。

そして、きっと俺には無理だろう。

「あぁ、そうだな」

しかし、今頭を過《よぎ》ったネガティブな考えなど言葉にせず、俺は彰に同調した。

きっと彰はこの後シャーロットさんにアタックするはずだ。

後先考えず突っ込むのでよく失敗する奴ではあるが、積極的なところが彰の長所ともいえる。

「あの子、彼氏いると思うか？」

「まぁ普通に考えればいるだろうな。あれだけかわいいんだからさ」

「おいおい、そこはいないほうに希望を持とうぜ」

尋ねておきながら、彼氏がいない方向に話を持っていこうとする彰。

ならば聞いてくるなと言いたいが、同意してくれる奴が欲しかったんだろう。

人間、仲間を作りたい生き物だからな。

「それなら本人に聞いてみればいいじゃないか」

彼女の様子から見てある程度の想像は付くが、それが必ずしも正しいとは限らない。

だからここでどれだけ俺たちが憶測を立てても無意味であり、本人に聞く以外答えを知る方法はないのだ。

しかし――。

「それもそうだな！　はい、シャーロットさん！　今彼氏はいるんですか!?」

俺としては後で個人的に聞けという意味で言ったのだが、気になる女の子相手には全力でアクセルを踏んでしまう彰は、大勢の前で聞いてしまった。

「ふぇっ!?」

そのせいでいきなり彼氏がいるかと聞かれたシャーロットさんは、一瞬にして顔を真っ赤に染めてしまう。

そして恥ずかしそうにモジモジとし始め、口元を両手で覆《おお》いながら恥ずかしそうに口を開いた。

「か、彼氏さんですか……？　そ、それは…………いません、よ……？」

若干《じゃっかん》上目遣いになりながらそう答えるシャーロットさん。

その言葉により、一瞬にして教室内は活気を帯びる。

まぁ沸いているのは主に男子なのだが、おかげでシャーロットさんは更に恥ずかしそうに顔を隠してしまった。

「こら、西園寺！　お前そういうのは二人だけの時に聞け！」

まぁ当然、こんな質問をすれば先生に怒られてしまうのだが。

「というか、さっきからホームルーム中にうるさいぞ！」

担任の美優《みゆ》先生は、俺たちがホームルーム中におしゃべりをしていたことに気が付いていたようで、その件も持ちだして怒り始める。

美優先生は美人なのに短気で男勝《おとこまさ》りなところが欠点だ。

そのせいで若干行き遅れてしまっているというのは、ここだけの話。

本人も気にしているみたいで、この話題が耳に入れば凄《すご》く怖くなる。

「なんで俺だけなんですか！　明人も喋《しゃべ》ってたのに！」

「お前が大声を出してうるさいからだ！　文句があるなら青柳《あおやぎ》みたいにバレないようにしろ！」

前言撤回。

美優先生、最高です。

「ええ!?　教師がそんな発言していいんですか!?」

「気付けないものは叱《しか》りようがないだろ！　そもそもお前が場をわきまえずにあんな質問をしたのが悪い！　とりあえず日頃の分も含めて後で説教だ！」

「そ、そんなぁあああああ!?」

彰の悲鳴に近い声で、ドッとクラス内が笑いに包まれる。

本当に彰はいいキャラをしている。

本人は納得いかないかもしれないが、彰がいるだけでクラスは和《なご》むのだ。

もう一端《いっぱし》のムードメーカーといえるだろう。

「あっ――」

今も嘆《なげ》いている彰を笑っていると、顔を赤くしながらもクスクスと笑っているシャーロットさんと目が合った。

それにより気まずくなった俺は目を逸《そ》らそうとするが、それよりも早くシャーロットさんがこちらにニコッと微笑《ほほえ》んできたので、思わず見惚《と》れてしまう。

そして彼女に微笑まれただけで自分の体温が上昇したのがわかった。

それから少しして彰が諦めるという形で美優先生たちのやりとりは終わり、シャーロットさんの自己紹介が再開する。

「私は親の都合で日本に来ましたが、母国イギリスと同じくらいに日本が大好きなので、日本にこられて本当に嬉しく思っています」

シャーロットさんは右手で髪を耳にかけながら、とてもかわいらしい笑みを浮かべて日本への想いを教えてくれた。

日本が好きだという外国人の話はよく聞くが、どうやら彼女も同じらしい。

まぁクラスメイトのほとんどは彼女の言葉よりも彼女の笑顔に気を取られているみたいだが。

「あ～やっぱりあの子かわいいなぁ……」

後ろにいる彰なんてニヤニヤとだらしない笑みを浮かべているしな。

まぁそれも仕方がないのかもしれない。

それだけ、シャーロットさんは凄くかわいいのだから。

俺はシャーロットさん相手にデレデレの表情を浮かべているクラスメイトたちを眺めた後、シャーロットさんの言葉に耳を傾けながら考え事をする。

美少女の知り合いなら他にもいるけれど、シャーロットさんのような俺の理想そのものな同級生は初めてだ。

まさか、あの人にそっくりな人がいるなんてな。

世の中本当に広いものだ。

――俺はそんなことを考えながら、教室の窓から見える青く澄んだ綺麗な空へと視線を向けるのだった。

◆

「明人の裏切り者」

ショートホームルームが終わってすぐ、ふてくされた彰が俺へと文句を言ってきた。

結局彰はお説教のために職員室への呼び出しを喰らっている。

それに対して俺は何一つお咎《とが》めがないので、こんなふうに文句を言ってきたのだろう。

「いや、まぁ、どんまい」

一人だけお説教を免れてしまったのでなんて言ったらいいのかわからず、とりあえず慰めの言葉をかけることにした。

ただ、このまま放っておくと次の授業が始まるまで延々と文句を言ってきかねないため、ちょっと卑怯《ひきょう》ではあるが別の話題を振らせてもらおう。

「それにしてもシャーロットさんって凄いな。あの歳《とし》であんなに日本語を流暢《りゅうちょう》に話せるなんてさ」

俺はクラスメイトたちに囲まれて談笑をするシャーロットさんへと視線を向け、日本語が達者な彼女を褒《ほ》めた。

すると、彰は不思議そうに首を傾《かし》げる。

「なぁ、流暢ってなんだ？」

「……スラスラとスムーズに話せているってことだよ」

シャーロットさんの話題を振れば喰いついてくると思ったが、予想とは別の言葉が返ってきて俺は思わず苦笑いを浮かべてしまう。

彰はそんな俺の様子には気付かず、納得がいったように首を縦に振っていた。

「なるほど、確かに凄いよな。でも、明人だって英語を同じくらいペラペラと話せるだろ？」

「いや、日本人の俺が英語を話せるのと、イギリス人の彼女が日本語を話せるのでは全く別だよ」

「ふ～ん」

俺の言葉を聞いた彰は素っ気ない態度であっさりと流してしまった。

どういうことか理解していなくて、気にもならないという感じだろうな。

サッカーと女の子以外にももっと興味を持ってほしいものだ。

「――って、こんなことしている場合じゃなかった！　うかうかしていると他の奴等《やつら》にシャーロットさんをとられちゃうじゃねぇか！」

そして思うところがある俺の視線には気付かず、今頃になって慌て始める彰。

相変わらず気になる女の子が相手となると落ち着きがなくなる奴だ。

「あまりグイグイと行き過ぎるなよ――って、全然聞いていないし……」

彰は顔がよくて運動神経もいいのに、グイグイと行き過ぎるせいで相手に引かれてしまうところが問題だ。

だから忠告をしようとしたのだけど、既に彰はあのシャーロットさんを囲む輪を目掛けて駆け出していた。

本当に猪みたいにまっすぐな奴だ。

でも、それが彰のいいところでもある。

俺は彰が向かった方向――というよりも、シャーロットさんに視線を向けてみた。

シャーロットさんは実に楽しそうにクラスメイトたちと話しをしている。

男女問わず惹《ひ》き付けるような素敵な笑顔に、忙しなく質問をしてくるクラスメイトたちへの丁寧《ていねい》な対応。

優しく微笑む姿や、心に残りそうなほどに綺麗《きれい》な声を聞けばみんなが彼女に引きつけられる気持ちがよくわかる。

彼女がいるだけで教室が昨日まではまるで違う場所のように見えてしまうくらいだ。

——美少女留学生と同じクラスになれたからといって、何かを期待するほど俺は楽観的にはなれない。

勉強しか取り柄のない俺は、こうして遠くから彼女を眺めているのがお似合いなのだ。

ある程度シャーロットさんを眺めて満足した俺は、鞄《かばん》から一冊の本を取り出して次の授業が始まるまで読書にふけるのだった。

◆

「シャーロットさん、この後みんなで遊びに行かない？」

「遊びに、ですか？」

「そうそう、カラオケとか行って、シャーロットさんの歓迎会をしようと思ってるの！」

帰りのホームルームが終わってすぐ、またもやクラスメイトたちがシャーロットさんを囲み始める。

よく見れば、クラスメイトだけじゃなく他のクラスの奴等もいるようだ。噂《うわさ》を聞いてシャーロットさんを見に来たようだが、この事実からシャーロットさんの人気の高さが窺《うかが》える。

「あっ、ごめんなさい。家で妹が待っていますから……」

しかし、みんなから誘いを受けるシャーロットさんは早く家に帰らないといけないのか、凄く申し訳なさそうにクラスメイトたちに断りを入れていた。

シャーロットさんの言葉を受けてクラスメイトたちは残念そうな顔をするが、無理に誘うのはよくないと理解しているようで誰も強引に誘おうとはしない。

――ただ、一人を除いては。

「だったらさ、妹さんも連れてきなよ！　俺たちは構わないからさ！」

一人空気を読めていない彰が、シャーロットさんをどうにか歓迎会にこさせようと代案を提示してしまった。

本人には一切悪気がないのだろうけど、シャーロットさんは困った表情を浮かべてしまっている。

しかも彰が先陣をきってしまったせいで他の奴等までまた誘い始めてしまった。

……………仕方ない、か。

このままでは収拾《しゅうしゅう》がつかなくなり、早く帰りたいと思っているシャーロットさんがいつまで経っても帰れなくなる。

それがわかった俺は椅子《いす》から腰を上げて彼女たちの元へと向かった。

「――彰、ストップ。それにみんなも。来週からテストが始まるのに、そんなことをしている暇はないだろ?」

俺はシャーロットさんに気を遣わせないよう、もっともらしい理由をつけてクラスメイトたちにストップをかける。

多少悪者になるのは仕方がない。

ただ、これだけだと余計にめんどくさくなることもわかっているので、俺は彰にだけ目で合図を送った。

「青柳君さいてー。クラスメイトの歓迎会をするのは当然でしょ? そんなに勉強が大切なの?」

「お前本当空気読めないよな。クラス一致で歓迎会をしようってなってるんだから別にいいだろ」

クラスメイトが口々に、俺へと文句を言ってくる。

皆が望む答えに反した意見を言えば批判されてしまう、それが集団心理だ。

だけど、わかっていてやったのだから大して痛くはない。

元々彰以外とは折り合いが悪いんだし、気にする必要もないのだ。

だが、このまま好き放題言わせておくと騒ぎが大きくなるだろう。

だから収める方向に向けたいが、この場を収めることは俺には無理だ。

その役目を担《にな》ってくれるのは、この場に一人しかいない。

「わりぃ、俺が悪かった！　そうだよな、もうすぐテストがあるんだし、テストが終わってから歓迎会をしたほうがいいに決まってる！」

パンッと両手を合わせて大声を張ったのは、先程先陣をきってしまった彰だった。

彰は申し訳なさそう表情でシャーロットさんをはじめとしたみんなに頭を下げている。

「え～、西園寺君までテストを優先するの？」

当然、クラスメイトからは不満の声が上がった。

しかし、彰はその程度で動じるような奴ではない。

「いや、さ。明人が言ってることはもっともだろ？　これでクラスの平均点でも下げてみろよ。美優先生に怒られるし、シャーロットさんが責任を感じちゃうかもしれないだろ？　だったらテストが終わった後に打ち上げも兼ねて、パァーッと歓迎会をしたほうがいいじゃないか」

「まぁ、そうだけど……」

「確かにな……」

説得するように両手を広げて話した彰の言葉に、段々とみんなが納得をし始める。

クラスのムードメーカーである人気者が言った言葉だからこそ、みんな同調するのだろう。

俺が言っていたとしたらこうはいかなかったはずだ。

だからこそ、こういう役目は彰に任せたほうがいい。

まぁ彰が言うと悪いほうにもみんなは乗ってしまうから、変な方向に行かないよう注意が必要なのが少々難儀《なんぎ》だが……。

——俺のクラスでの立ち位置は、たまに暴走する彰が悪い方向に突っ走らないように止めるストッパー役みたいなものだ。

そのせいでよく嫌われ役を買ってしまうのだが、俺は特に気にしてはいない。

何か問題を起こしてクラスや彰の評価が下がるより、俺が周りから文句を言われたほうが断然マシだと思っているからだ。

「——さんきゅーな」

騒ぎが収束したのを確認して、ボソッと彰が耳打ちをしてきた。

さっき俺が目で合図を送ったことでシャーロットさんが困っている様子に気付き、彰は手の平返しをして俺側についてくれたのだ。

これはそのお礼だろう。

あのまま気付かずに騒いでいれば、シャーロットさんからの印象を下げかねなかったからな。

俺はコクリとだけ頷《うなず》き、帰り支度《じたく》を始める。

特に用事はないけれど、みんなの気分を害した俺はさっさと立ち去ったほうがクラスの雰囲《ふんい》気《き》もよくなるだろうからな。

しかし――。

「――ほぉ、クラスの平均点を一番下げている西園寺にしては、随分《ずいぶん》と殊勝《しゅしょう》な心掛けじゃないか」

みんながそれぞれ帰り支度を始めた直後、どこからともなく聞こえてきたのは、とても楽しそうに意地悪な笑みを浮かべる美優先生の声だった。

「み、美優先生……？　ホームルームが終わって職員室に戻ったんじゃ……？」

いきなり背後に現れた美優先生に対し、彰は冷や汗を流しながら振り返る。

どうやら今日怒られたことがまだトラウマになっているようだ。

何を言われたのかは知らないけれど、この様子を見るにこってりと絞《しぼ》られたのだろう。

「まぁそんな怯《おび》えた表情をするな。今回はお前に用事があって戻ってきたわけじゃない」

「な、なんだ、それならそうと早く言ってくださいよ。全く、人騒がせなんですから」

「ふふ、悪いことをしていなければ私に怒られる理由もなく、ましてや怯える必要もないはずなんだがな？　自分のことを棚《たな》に上げるだなんて、また職員室に来るか？」

ホッと安堵《あんど》した彰が余計なことを言うものだから、美優先生は額に怒りマークを付けながら笑顔で彰の肩を握った。

ミシミシと聞こえてくる音や、激痛に声を震わせて彰の体勢が崩れてしまっている様子を見るに、とても強い力で握っているようだ。

「美優先生、彰に構うんじゃなくて何か用事があってこられたんじゃないですか？」

美優先生は気が済むまでやめないタイプの人間なため、俺は彰を助けるために間に入って別の話題を振った。

意外と単純な先生でもあるからこれで簡単に気を逸《そ》らせるはずだ。

——しかし、俺は美優先生に用件を思い出させたことを後悔《こうかい》する羽目になる。

「あっ、そうだった。お前に用事があって来たんだよ、青柳。ちょっと今から私と一緒にこい」

「えっ……？」

用事があるのはまさかの俺だと聞き、思わず言葉を失ってしまう。

これはもしかして——。

「お前にも、今朝の罰を与えておこうと思ってな」

やっぱり……。

美優先生、バレなかったらいいって言ってたじゃないですか……。

そんな思いを俺は抱くが、反抗すると逆に長引くため渋々ながら美優先生に連行されるのだった。

◆

「悪いな、青柳。急に頼まれてしまったものだから人手が欲しかったんだ」

資料室で教材を整理していると、同じように整理をしている美優先生が謝ってきた。

現在俺は、美優先生と一緒に資料室を片付けている最中なのだ。

「いえ、大丈夫ですけど……。ただ、人手が欲しかっただけなら脅《おど》かさないでくださいよ」

俺は手を動かしながらも、少しだけ不満を漏《も》らす。

罰と言われた時は彰と同じように説教を喰らうんじゃないかと危惧《きぐ》したくらいだ。

だからこんなふうに説教と勘違いさせて呼び出すのは今後やめてほしい。

「手伝わせる口実としては罰と言ったほうが都合がよかったんだ。あのまま西園寺だけに罰を与えていると、お前がクラスでまた悪く言われていたかもしれないからな」

美優先生は口は悪いが、言葉から俺のことを心配してくれているのがわかる。

男勝《おとこまさ》りで短気な性格をしていてもこの先生は生徒思いでいい先生だ。

だから生徒からも人気があって、親しげに下の名前で呼ばれている。

「それにお前、また一人悪役を買って出ただろ？　どうしてそんなに損な役割ばかりするんだ？」

返事をしなかったからか、美優先生は続けて質問を投げてきた。

俺は教材を整理している手を止め、後方で資料整理をしていた美優先生に視線を向ける。

「いったいいつからあの場にいたんですか？」

「青柳が西園寺を止める少し前だ」

「ほぼ最初からじゃないですか……」

「そうだな。話に割って入ろうかと思ったが、お前が動いたのを見てやめた。あまり生徒間の問題に教師が割って入るのはよくないし、お前なら任せて大丈夫だろうって信頼していたからな。だが、正直割って入っておけばよかったと今は思っているよ」

美優先生の口ぶりからは後悔をしている様子が窺える。

多分、俺一人が悪者になったからだろう。

あの場ではああするのが一番だと思ったし、彰を信頼していたからこその行動だった。

でも、美優先生からしたら後味が悪かったのかもしれない。

「いいんですよ、あれで。別に俺は気にしてませんし」

「お前という奴は……」

呆《あき》れたように呟《つぶや》く美優先生。

俺の行動にこの人は思うところがあるのだろう。

「世の中、誰かが犠牲になるのが一番なんですよ」

「まだ高二のガキが何達観したことを言ってるんだ。そうだな、これからも同じような態度で臨《のぞ》むなら、協調性のない生徒として内申を下げるか」

「美優先生、それはずるくないですか……？」

「ずるくないと、この社会では生きていけないぞ」

全く悪気のない様子で、ためになるのかわからないアドバイスをしてくれる美優先生。

こんな汚い大人が先生でいいのだろうか？

「おい、青柳。お前今何を考えてる？」

俺が失礼なことを考えた途端、美優先生が敏感に反応した。

この人の怖いところはこういう野生の勘が働くところだ。

とりあえず首をブンブンと横に振って誤解だと主張しておく。

ここで正直に言えば彰同様説教をされかねない。

「そっか、気のせいか。……まぁいい。それよりも、お前はもっと自分を大切にしろよ？」

「結構大切にしているつもりですが？」

「どの口が言うんだ、どの口が……」

《はぁ……》と溜め息をつきながら額を押さえる美優先生。

どうして俺は呆れられているのだろう？

「美優先生、もうここでラストですし帰ってもいいですか？」

片付けるところがなくなったのを確認し、俺は帰りたい旨《むね》を美優先生に伝えた。

このままここにいるとずっと説教くさいことを言われそうだから、さっさと立ち去りたい。

「あぁ、ありがとう。青柳がいてくれていつも助かってるよ」

「いえ、生徒が先生を手伝うのは当たり前ですから」

「本当、お前はいい生徒なのにな……」

美優先生は少しだけ表情を暗くしてそう言ってきた。

彼女が何を言いたいのかを俺はすぐに察したけれど、これは俺が自分で選んで進んでいる道だ。

だから同情される謂《いわ》れなどない。

その後俺は先生に別れを告げ、学校を後にしたのだが――まさか、この美優先生の手伝いが今後の俺の人生を大きく変えるだなんて、この時は思いもしないのだった。

◆

『わぁあああああん！　ロッティーどこぉおおおお！』
校門を出て歩くこと十五分――急に幼い子供の泣き声が聞こえてきたかと思うと、道の角を曲がった先に小さな女の子がいた。

見た感じだと、四、五歳くらいだろう。

聞こえてきた言葉から察するに、ロッティーという誰かとはぐれてしまったようだ。

幼い子供が泣いているというのに周りの大人たちは戸惑った表情を浮かべるだけで、誰も声をかけようとはしない。

距離を少し置き、泣いている女の子を心配そうに見つめているだけだ。

どうして声をかけないのかは、女の子の見た目と叫んでいる言葉からなんとなく想像がついた。

日本では珍しい銀色の髪。

そしてこの子が先程叫んだ言葉は――日本語ではなく、英語だった。

まず間違いなくこの子は海外育ちの子供だ。

みんな英語が話せないから助けたくても声をかけられない、といった感じだと思う。

……仕方ないな。

さすがにこのまま見過ごすわけにはいかない。

英語を話せる人が通りかかるのを期待してもいいが、その間この子に辛《つら》い思いをさせてしまう。

それを見逃すことなどできるはずがなかった。

『どうかしたの？　誰かとはぐれてしまったのかな？』

俺は女の子の目の前まで行くと、腰をかがめて女の子の目線に高さを合わせてから話しかけた。

女の子は声をかけられたことで一瞬ビクッとした後、ゆっくりと俺の顔をウルウルとした瞳で見上げてくる。

そして――タタタッと、電柱の裏に隠れてしまった。

『あれ……？』

逃げられた、んだよな……？

どうして――あっ、驚かせちゃったのか……。

『急に話しかけてごめんね』

相手が幼い子供ということもあり、俺はなるべく優しい声と口調を意識して話しかけてみる。

すると、幼い女の子は電柱の裏から少しだけ顔を出してくれて、ジッと俺の目を見つめてきた。

だから俺は急《せ》かさず、ニコッと笑みを返してみる。

それがよかったのか、幼い女の子はもう少しだけ顔を出して口を開いてくれた。

『だれ……？』

『俺は明人だよ。君の名前は？』

『…………』

名前を尋ねると、幼い女の子はまたジッと俺の目を見つめてきた。

そして少しだけ周りを見た後、ゆっくりと口を開く。

『エマ……』

『エマちゃんって言うんだね。えっと、ロッティーさんとは何処《どこ》ではぐれたのかな？』

『ロッティー、いないの……』

『あぁ、うん、いないね。何処らへんでロッティーさんはいなくなったの？』

『いない……。わぁああああん！』

質問をしていると、エマちゃんはまた泣きだしてしまった。

どうして泣きだしたのかはわからないが、相手が幼いだけに言葉が上手《うま》く通じていない気がする。

ロッティーさんという人がこの辺にいないのはわかっているため、何処らへんでいなくなったのかを知りたいのだが……。

とりあえず泣きやませないとまずい。

俺が話し掛けてまた泣きだしたせいで、周りから怪訝《けげん》な表情で見られてしまっている。

英語で会話をしていたから俺が何を言っていたのかもわかっていないようだ。

――どうする？

どうすればこの子は泣きやむ？

お菓子――は、生憎滅多《あいにくめった》に食べないため持ち合わせていない。

当然、子供が喜びそうなおもちゃも持っていない。

他には――あっ、スマホがある。

前に電車の中で、泣いている子供にスマホを渡して泣きやませているお母さんを見たことがあったな。

あの時は確か動画を見せていたはずだ。

この子が喜びそうな動画は――これだ！

『エマちゃん、これ見てごらん』

有名な動画サイトを開いてすぐ目についた動画を選び、俺は驚かせないようにゆっくりとエマちゃんに近付いてスマホの画面を見せてみる。

エマちゃんはチラッと俺の顔を見た後、スマホの画面に視線を向けてくれた。

そしてスマホに映っている動画を見た瞬間――パアッと表情が明るくなる。

『ねこちゃん……！』

『エマちゃんは猫が好き？』

『うん！　エマね、ねこちゃんだいすき！』

先程まで泣いていたのが嘘だったかのように動画に釘付けになるエマちゃん。

俺の手からスマホを受け取り、とてもかわいらしい笑みを浮かべている。

とりあえず少しの間はこれで大丈夫そうだ。

エマちゃんが猫に夢中になっている間にロッティーさんを探したいところだが……手掛かりは、ゼロなんだよな。

交番に連れていくのが一番だとは思うけど、警察官が英語を話せなかった場合この子が心細い思いをするかもしれない。

まだ幼いだけに、そういう状況は避けたいところだ。

やっぱり俺が見つけるしかないよな……。

手掛かりは何もないが――この子、誰かに似ていないか……？

エマちゃんの銀色に輝く髪。

そして整ったかわいらしい顔立ちは――そう、今日俺のクラスに来た、シャーロットさんにそっくりだ。

それに確か、シャーロットの愛称ってロッティーじゃなかったか？

前に読んだ小説で確かそんなことを書いていた気がする。

エマちゃんは外国人だから姉のことを愛称で呼んでいる可能性は十分にあるし、エマちゃんが探しているのがお母さんなら愛称や名前ではなくちゃんとマムと呼ぶだろう。

今日の発言からシャーロットさんに妹がいるのも確かだ。

となると――。

『エマちゃん。エマちゃんの名前を全て言えるかな？』

『んっ……？　エマは、エマ・ベネットだよ？』

声をかけてみると猫の動画に夢中になっていたエマちゃんは顔を上げ、キョトンとした表情で答えてくれた。

その際に小首を傾けたのだけど、とてもかわいい仕草であり、見た目も相まってかわらしい生き物にしか見えない。

どうやらもう警戒もされていないみたいだし、俺はホッと息を吐く。

まぁそれはそうと、どうやら俺の読みは合っていたようだ。

エマちゃんが探しているロッティーさん――その人に会うには、多分学校に戻るのが一番だと思う。

『じゃあ、エマちゃん。ロッティーさんに会いに行こうか？』

『ロッティー……あえる……？』

『うん、多分だけど会えると思うよ』

『んっ……！』

ロッティーさんに会えるとわかると、エマちゃんはとても嬉しそうに頷《うなず》いた。

こうして落ち着いて話してみると幼くても話がちゃんと通じるので、この子は頭がいいのかもしれない。

『じゃあ行こっか』

『……………』

『エマちゃん？』

急にエマちゃんがキョロキョロと周りを見始めたため、俺は首を傾《かし》げながらエマちゃんを見る。

するとエマちゃんは不安そうな表情で一瞬俺の顔を見てきて、その後スマホを持っていない自身の開いている手のほうをジッと見た。

そこから数秒間動こうとはせず、いったいどうしたのか不安になってしまう。

『大丈夫？　どうしたの？』

俺は驚かせないように気を付けながらエマちゃんの顔を覗《のぞ》き込んでみる。

すると、エマちゃんの視線が俺のほうに向いた。

そしてコクリと頷き、意を決したような表情を浮かべる。

いったい何を決意したんだろう――そう思った時、エマちゃんは見つめていた手のほうを俺に差し出してきた。

『んっ……！』

『えっと……？』

『て』

『手……あっ、手を繋《つな》ぎたいの？』

『んっ……！』

聞いてみると、エマちゃんは元気よく頷いた。

そして《繋いで》と言わんばかりに伸ばしてきている手を少し上下に動かしている。

『う～ん……』

エマちゃんに手を繋ぐことを求められた俺は若干《じゃっかん》困ってしまう。

いろいろと世間の目が厳しくなっている昨今、自分と全く似ていない女の子と手を繋いで歩くのは下手《へた》な誤解を招かないとも限らない。

一応俺が制服を着ているから大丈夫だと思うけれど、あまり誤解を生むようなことをしたくはないな……。

『…………』

『うっ……』

考え込んでいると、俺の顔を見つめていたエマちゃんの瞳がウルウルと潤い始めた。

そして何かを訴えるかのように小動物みたいな表情で見つめてきている。

……まぁ、手を繋ぐくらいいいか。

そもそも一緒に歩くんだからその時点で目立つし、車が通ったりするから手を繋いでいたほうが安全だもんな……。

エマちゃんの縋《すが》るような表情に一瞬で負けた俺は、エマちゃんの手を優しく握る。

すると――。

『んっ』

エマちゃんは安心したように笑みを浮かべ、猫の動画へと視線を落とした。

もしかしたら不安で手を繋ぎたかったのかもしれない。

手を繋いだことでこの子を安心させられたのならよかった。

俺はそんなことを考えながら、エマちゃんの歩くペースに合わせて学校に引き返した。

『――エマちゃん、猫ばかり見てると危ないよ？　ちゃんと前を見ないと』

学校に引き返している最中、俺は手を繋いで歩いているエマちゃんに声をかける。

最初は危ないからスマホを返してもらおうとしたのだけど、取り上げようとすると目をウルウルとさせて泣きそうになってしまっていた。

どうやら猫の動画を気に入ってしまったようだ。

仕方なくスマホは渡したままにしているのだけど、そのせいでエマちゃんは動画を見ながら歩いている。

声をかければ顔を上げてくれるが、それ以外はスマホに映る猫に夢中になっていた。

いくら手を繋いでいても、これではいつか転んでしまうだろう。

『んっ……！』

俺に注意されたエマちゃんは少し考えて、なぜか大きく腕を開きながら俺の顔を見上げた。

何をしたいのかがわからず、俺は首を傾げてエマちゃんを見つめてしまう。

『だっこ』

自分の要求が伝わっていないとわかると、エマちゃんは甘えるような声でおねだりをしてきた。

身長差のせいもあってエマちゃんは俺を上目遣いで見ており、目をウルウルとさせてしまっている。

これは――どうなのだろう？

相手は幼い子供だ。

普通なら俺が抱っこしていても仲のいい兄妹だと周りは思ってくれるだろう。

しかしエマちゃんは外国人なため、俺とは見た目が全く似ていない。

髪の色も違えば、瞳の色も違う。

手を繋ぐだけでもハードルが高かったのに、抱っこなんてして大丈夫なのだろうか？

一応、周りに視線を向けて様子を窺《うかが》ってみる。

幸いにも訝《いぶか》しげな目で俺たちを見ている人はいなかった。

だから今度はもう一度エマちゃんを見てみる。

すると、エマちゃんの目のウルウル具合が増していた。

今にも泣き出しそうだ。

…………仕方ない、か。

また泣かれるのは困ると思い、俺はエマちゃんを抱っこすることにした。

抱っこしてみると幼いだけあってエマちゃんはとても軽い。

これなら学校まで大した負担にもならなさそうだ。

『えへへ』

抱っこしたまま歩いていると、ご機嫌なエマちゃんが嬉しそうに頰《ほお》ずりをしてきた。

きっと甘えたい年頃なのだろう。

嬉しそうなエマちゃんの声とスマホから流れる猫の鳴き声を聞きながら、俺は学校を目指すのだった。

◆

「――どうした青柳？　その子は迷子か？」

職員室に入ると、エマちゃんを抱っこしている俺を見て美優先生が声をかけてきた。

美優先生がいたのはラッキーだ。

この人ならシャーロットさんにすぐ連絡してくれるだろう。

『あきひと、このひとたちだぁれ？』

美優先生の質問に答えようとすると、おとなしく猫の動画を見ていたエマちゃんが舌足らずの言葉で不安そうに尋ねてきた。

知らない場所に知らない大人たちがいれば当然の反応か。

俺は美優先生に目線を一瞬やり、その後エマちゃんに対して口を開いた。

『先生ってわかるかな？』

『ん……？　ロッティーがたまにいってるから、わかるよ……！　おべんきょうをおしえてくれるひと……！』

『うん、そうだよ。エマちゃんは物知りで偉いね』

『えへへ』

誉めて頭を撫《な》でてあげると、エマちゃんは凄《すご》くかわいい笑みを浮かべた。

さすがあのシャーロットさんの妹だ。

笑顔が反則級にかわいい。

「なんだ、この子……天使の生まれかわりか……？」

エマちゃんの笑顔に癒《いや》されていると、美優先生が顔に手を当てて体を震わせていた。

どうやらエマちゃんのかわいさに悶《もだ》えているようだ。

「……なんだ？」

――と、思わず美優先生に視線を向けていると気が付かれてしまった。

美優先生は悶えているところを見られたのが恥ずかしかったのか、物言いたげな目で睨《にら》んでくる。

俺はそんな美優先生に、腕の中にいるご機嫌な様子のエマちゃんを見せた。

「美優先生、この子多分シャーロットさんの妹なんです」

俺の言葉を聞いた美優先生はチラッとエマちゃんに視線を向けると、コクリと頷《うなず》いて口を開く。

「あぁ、シャーロットからの連絡が学校にも入っている。家に帰ったら妹がいなくて、手当たり次第に探しているようだ。あいつには既に連絡をしているから少ししたらここに来るだろう」

「いつの間に連絡したんですか……?」

「校庭にお前の姿が見えた時にだ。銀髪の幼女を抱えている姿でピンときた」

この先生、こういうところがあるから侮《あなど》れないんだよな……。

美優先生には不思議な凄さがあるので、なるべく敵に回さないほうがいい。

間違っても、今後婚期について口にするのはやめておこう。

頭を撫でられて気持ち良さそうに目を細めるエマちゃんを眺めながら、俺はヒッソリと心に誓うのだった。

──シャーロットさんが来るのを待ち始めてから二十分ほど経った頃、勢いよく職員室のドアが開かれた。

反射的に視線を向けると、そこには汗だくのシャーロットさんが立っていた。

クラスで見た可憐《かれん》なイメージとは程遠い様子のシャーロットさんは、肩で息をしていてとても苦しそうだ。

その姿からは、一生懸命エマちゃんを探していたことが窺える。

「エマ！　エマは何処《どこ》にいますか!?」

「落ち着け、シャーロット。お前の妹ならあそこで寝ている」

取り乱しているシャーロットさんに対して、美優先生が親指で自分の後ろにいるエマちゃんを示す。

エマちゃんは疲れてしまったのか、少し前から椅子《いす》に座ってスヤスヤと眠っている。

寝顔は天使みたいにとてもかわいいのだが、シャーロットさんの気持ちを思うと寝ずに起きていてほしかった。

「だ、大丈夫……？」

寝ている呑気《のんき》な妹を見て、シャーロットさんは床へとへたり込んでしまう。

いきなり座り込むものだから、俺は心配になって声をかけてしまった。

シャーロットさんは体勢的に上目遣いで俺の顔を見てくる。

その目にはエマちゃんを心配していたからか、ほんのりと涙が浮かんでいた。

そんな表情を向けられるとますます心配になってくる。

「ごめんなさい……安心したら、力が抜けてしまいまして……」

「うん、気持ちはわかるよ。家に帰って妹がいなくなってたらそりゃあ焦るし、見つかったら心の底からホッとするよね。それで、立てるかな?」

いつまでも床に座っているのは良くないと思い、俺は右手を差し出してみる。

すると、彼女はかわいらしい笑みを浮かべて俺の手を握ってきた。

「ありがとうございます――って、ごめんなさい……!」

かと思ったら、彼女は立ち上がった後なぜか急に俺から離れてしまった。

「えっと……?」

さすがに彼女の行動の意味がわからず、俺は戸惑いながら彼女を見つめる。

すると、彼女は恥ずかしそうに顔を真っ赤に染め、人差し指を合わせてモジモジとしながら口を開いた。

「わ、私、汗いっぱいかいてますのに、ごめんなさい……」

「あっ、そういう……」

どうやら、彼女は自分の汗を気にして俺から離れたようだ。

確かに言われてみれば手の平にしっとりとした感触があるのだが、正直そこまで気にしなくてもいいのにと思ってしまう。

やはり女の子だから気にしてしまうものなのだろうか？

「別に気にしなくても大丈夫だよ。それだけ妹を心配して一生懸命探していたってことだからね」

汗だくになるほど妹を探していた子に対し、凄いとは思っても引いたりすることなんてありえない。

だから笑顔で答えたのだけど、なぜかシャーロットさんは俺の顔を見つめてきた。

「………………」

「シャーロットさん？」

「あっ、えっと……青柳君は、お優しいのですね」

声をかけると、シャーロットさんはニコッと笑みを浮かべてそう言ってきた。

顔を赤く染めた状態でかわいらしい笑みを向けられ、俺は思わずドキッとしてしまう。

そんな俺に対し、シャーロットさんは言葉を続けた。

「それに、エマも青柳君が見つけてくださったんですよね？　本当にありがとうございます」

そう言って丁寧《ていねい》にお辞儀《じぎ》をしてくれるシャーロットさん。

礼儀《れいぎ》正しい様子から彼女の育ちの良さが窺えた。

ただ……教室にいた時から気になっていたのだが、彼女の言葉遣いはまるでお嬢様みたいな感じだ。

いったい誰から日本語を教わったのだろう?

彼女が日本語を覚えた経緯が気になったが、それを聞くのは不躾《ぶしつけ》な気がする。

だから、俺は別に気になったことを聞いてみた。

「俺の名前、憶えてくれてたんだ?」

先生やクラスメイトが俺の名前を呼んでいたとはいえ、自己紹介もしていないのに憶えてくれているなんて意外だった。

「あっ、今日困っているところを助けて頂きましたので……。それに、花澤《はなざわ》先生から何か困ったら青柳君を頼るようにと言われていましたので、お名前は存じ上げておりました。先生のおっしゃられた通り、青柳君は頼りになる御方ですね」

シャーロットさんから急に褒《ほ》められてしまい、俺は咄嗟《とっさ》に顔を背けてしまう。

多分赤くなっているであろう顔を彼女に見られたくなかったのだ。

花澤先生とは美優先生のことなんだが、まさかシャーロットさんにそんな紹介をしてくれているとは思っていなかった。

照れくさくはあるけれど、素直に嬉しい。

日頃から美優先生にコキ使われていてよかった。

と、思ったのだけど——。

「青柳、お前が照れるなんて珍しいな。顔が真っ赤じゃないか」

美優先生の一言で、一瞬でもこの人に感謝した自分を馬鹿だと思ってしまった。

「うるさいです。別に照れてません」

「ほっほ～？　じゃあお前の顔写真を撮ってやろうか？」

「そういう嫌がらせはやめてください！」

絶対この人、俺をからかって遊んでいる。

このままここにいたらおもちゃにされかねないし、後々までいじられてしまいそうだ。

そう思った俺は早々にこの場を立ち去ろうと踵《きびす》を返す。

「じゃあシャーロットさんも来たことですし、俺はもう帰ります。シャーロットさんもまた明日――って、エマちゃん!?」

美優先生から逃げるために職員室を出ようとすると、寝ていたはずのエマちゃんにいつの間にか服の裾《すそ》が摑《つか》まれていた。

『あきひと、どこにいくの……？』

少し寝ぼけているようにも見えるが、不安そうな表情でエマちゃんが見上げてくる。

一瞬困ったような顔をするシャーロットさんが横目で見えたのだけど、どうしたものか。

『ごめん、俺はもう帰るんだ。エマちゃんのお姉ちゃん――えっと、ロッティーさんは来てくれたから、もう大丈夫だよ』

俺は心配かけないように笑顔で告げた後、シャーロットさんに視線を向ける。

そしてエマちゃんは俺の視線につられて同じ方向を見ると、自分の姉がいることに気が付いて表情を輝かせた。

『ロッティー！』

エマちゃんは嬉しそうにシャーロットさんの愛称を呼ぶと、そのまま駆け寄る――と思いきや、なぜか頑《かたく》なに俺の服の裾を摑んでいた。

この子、どうして放してくれないんだ……？

「………………」

ギュッと俺の服の裾を摑んでいるエマちゃんに戸惑っていると、シャーロットさんがジッと俺とエマちゃんを見つめてきた。

「シャーロットさん？」

気になって声を掛けてみると、シャーロットさんはハッとした表情をし、すぐにニコッとかわいらしい笑みを浮かべる。

「あっ、いえ、随分《ずいぶん》と懐かれているんですね」

「そうなのかな……？」

「はい、エマの様子から見て間違いないと思います。それはそうと、明人とは青柳君の下のお名前でしょうか？」

「えっと、そうだけど……？」

「なるほど……」

シャーロットさんの質問に答えると、彼女は難しい表情をして考え込む。

そして、エマちゃんの目線の高さに合わせて腰をかがめ、優しい表情で口を開いた。

『ねぇエマ、その人のことはお兄ちゃんって呼ぼうか』

『おにい、ちゃん……？』

いったい何をするつもりだろう？

そんなこと考えながら見つめていると、シャーロットさんはなぜかエマちゃんに俺を《お兄ちゃん》と呼ぶように促した。

エマちゃんはまるでローマ字を読むかのように《お兄ちゃん》を復唱していたが、やはり幼いのと日本語に慣れていないせいで発音がおかしい。

だけど、それが何処《どこ》かかわいらしかった。

「えっと、シャーロットさん……？」

「あっ、ごめんなさい。日本人の青柳君は年下の子に呼び捨てにされるのが慣れていないと思いまして……。日本ではこういう場合、年上の男の方を《お兄ちゃん》と呼ぶのですよね？」

あぁ、そういうことか。

確かに日本では年下から呼び捨てにされることは珍しい。

逆に外国では呼び捨てが当たり前だと知っていたから気にはしなかったが、シャーロットさんは俺に気を遣ってくれたのだろう。

「絶対ってわけじゃないけど、確かにそうだね。でも、気にしなくていいよ？」

「いえ、郷に入っては郷に従えです。これから日本で暮らすのですから、エマには日本の習慣を身に着けてもらいたいのです」

やっぱりシャーロットさんは頭がいいよな……。

日本人でも知らない人が多そうな言葉をよく知っている。

今回は彼女が言っていることに一理あるし、ここは譲《ゆず》るべきだろう。

「わかった、それでいいよ」

「はい、ありがとうございます」

俺が認めると、シャーロットさんは嬉しそうに笑みを浮かべてエマちゃんに向き直した。

そしてエマちゃんの視線の高さに合わせるように再度腰を屈めると、エマちゃんに何度も《お兄ちゃん》を復唱させる。

俺は優しく妹に教えている光景が微笑《ほほえ》ましいな、と思いながらそれを見つめていた。

すると、復唱を終えたエマちゃんがテクテクと俺の傍までと歩いてくる。

エマちゃんは俺の傍まで来ると、かわいらしい笑みを浮かべながらこちらを見上げてきた。

そして――。

『おにいちゃん！』

とてもかわいらしい笑顔で、俺を《お兄ちゃん》と呼んできた。

満面の笑みでお兄ちゃんと呼ばれた瞬間何かが俺の胸を射抜《いぬ》く。

別にお兄ちゃんと呼ばれたいなんていう願望なんてなかったはずなのに――なぜだろう、エマちゃんからお兄ちゃんと呼ばれたことが凄《すご》く嬉しい。

あまりのかわいさに頬《ほお》が緩《ゆる》みそうになってしまったくらいだ。

そしてニコニコの笑顔で俺の顔を見つめるエマちゃんがかわいすぎて、俺は思わずエマちゃんの頭を撫《な》でてしまう。

するとエマちゃんは猫みたいに目を細めて気持ち良さそうに頭を預けてきた。

なんだろう、このかわいい生き物は？

ずっと頭を撫でていたくなるし、本当にかわいくて仕方がない。

『うん、ちゃんとお兄ちゃんって呼べたね。じゃあエマ、そのお兄ちゃんはもう帰るみたいだから、今度は手を放してあげて？　エマは私と一緒に帰ろ？』

俺たちのやりとりを見届けていたシャーロットさんは、エマちゃんがちゃんと呼べたことに満足したようで、俺が帰れるようにそうエマちゃんに言ってくれた。

どうやら彼女は気遣いまでできる女の子らしい。

ただ、正直に言うとこのままかわいいエマちゃんの相手をしていたいのだけど、さすがにそうもいかないか。

ここは職員室で、子供と遊ぶ場ではないからな。

しかし――。

『やっ！』

なぜか、シャーロットさんに帰ろうと言われたエマちゃんはプイッとソッポを向いた。

この態度にはさすがのシャーロットさんも戸惑ってしまう。

『エマ、どうしたの？　私とお家に帰ろ？』

『エマ……おにいちゃんといる……！　おにいちゃんとかえる……！』

「「「「えぇ!?」」」」

エマちゃんの突然の発言に、職員室にいたみんなが驚く。

しかし、美優先生だけは驚いておらず、どこか納得したように頷《うなず》いていた。

「なるほどな……いいじゃないか、青柳。一緒に帰ってやれ」

「まじで言ってるんですか？　そんなことできるわけないでしょ？」

「どうしてだ？」

「いや、どうしても何も、家にまで送り届けたとしてもそこでまた駄々をこねると思いますが？」

ここで駄々をこねているのだから、家に送り届けたところで同じだろう。

美優先生が言っているのはただ問題の先送りでしかない――そう思ったのだが、なぜか美優先生はニヤッと笑みを浮かべる。

「まぁそこは言い聞かせ方だな。なぁ青柳、とりあえず一度そのまま二人と一緒に自分の家へと帰ってみろ。面白いことがわかるから」

「はぁ……？」

二人と一緒に俺の家に帰ってみろって、どういうことだ？

もしかして俺の家に招待しろと言っているのか？

――いや、そんなの無理だぞ？

シャーロットさんを家に入れるだなんて心の準備ができていないし、さすがにシャーロットさんも抵抗があるだろうからな。

そう思いながら俺はシャーロットさんに視線を向けてみる。

すると、彼女までもなぜか納得がいったような顔をしていた。

おい、ちょっと待ってくれ。

この状況を理解できていないのは俺だけなのか……？

「青柳君、申し訳ございません。よろしければ、私たちと一緒に帰って頂けますか？」

「まじで言ってるの⁉」

「はい、お願い致します」

そう言って、ペコリと頭を下げてくるシャーロットさん。

どうしよう、全然状況についていけていない。

たまに人をからかって面白がる美優先生はともかく、どうしてシャーロットさんまで一緒に帰るように言ってきたんだ？

突然の展開に、俺の頭はもう混乱していた。

こんな急展開になれば、それも当然だろう。

いったい美優先生とシャーロットさんは何を考えているのか——。

そして、一緒に帰ったところでどうなるんだ——と、いろいろな疑問が頭に浮かんでしまう。

だけど、答えが出てくる気配は全くない。

俺が持っている知識をフル稼働《かどう》させようと、この状況で答えを出してくれるようなアイデアはなかった。

だからとりあえず——

「はい……」

——考えるのに疲れたため、俺は流れに身を任せることにした。

◆

「えっと、帰ろうか……？」

職員室を出てすぐ、俺は隣にいるシャーロットさんに声を掛けた。

この言葉には、《本当に俺の家に行くのか？》というメッセージを込めたつもりなのだが
――。

「はい、よろしくお願い致します」

――シャーロットさんには伝わっていないようだ。

シャーロットさんは優しい笑みを浮かべて俺の顔を見上げてきている。

なんだろう？

俺は今、夢を見ているのか？

今日留学してきたばかりの美少女と一緒に帰ろうとしているのが、現実的じゃなくてどうにも信じられない。

――クイクイ。

『ん？　どうかした、エマちゃん？』

シャーロットさんを見ていると、エマちゃんが俺の服の裾《すそ》を引っ張ってきた。

視線を向けると、エマちゃんは大きく両腕を開く。

これはもしかして――。

『だっこ』

やっぱりか……。

見覚えのある行動から、エマちゃんが求めていることには予想がついた。

寝起きで歩くのが嫌なのか、抱っこを気に入ってしまったのかはわからないが、姉の前で妹を抱っこするのはなかなか勇気がいるんだが……。

俺はチラッとシャーロットさんを見てみる。

するとシャーロットさんは拒否するように首を横に振った。

『エマ、青柳君に迷惑がかかるからだめだよ？　ちゃんと歩こうね？』

シャーロットさんは腰をかがめてエマちゃんの視線の高さに合わせると、優しく言い聞かせようとしていた。

微笑ましい光景につい目が奪われてしまう。

しかし当のエマちゃんは納得がいかなかったのか、ブンブンと首を横に振った後もう一度俺を見つめてきた。

その目はウルウルとしており、『だっこして』と訴えかけてきているように見える。

幼い子にこんな表情をされれば誰だって甘やかしたくなってしまうだろう。

「シャーロットさん、いいよ。エマちゃんは軽いから負担にもならないし、抱っこするよ。まあもちろん、妹が男に抱っこされるのが嫌ってならやめておくけど……」

「あっ、いえ！　そういうことではないです！　ただ、これ以上青柳君に迷惑を掛けるのは申し訳なくて……」

「俺なら大丈夫だよ。それに、エマちゃんを抱っこしたほうが早く帰れるだろうしね」

幼いエマちゃんの足取りに合わせて帰ると、どうしても家に着くのは遅くなってしまう。

いつもならそれでもかまわないのだが、今日はエマちゃんが迷子になったせいでかなり体力を使っているだろうから、早く帰って休ませてあげたほうがいい。

そういう思いもあって言うと、シャーロットさんはどうしようか悩んだ末、妹が言うことを聞かなさそうということで俺に抱っこをお願いしてきた。

『――えへへ』

抱っこをしてあげると、エマちゃんは凄く嬉しそうな声を出した。

やっぱり抱っこが気に入っているようだ。

「申し訳ございません、青柳君……。エマには家に帰ったらしっかりと言い聞かせておきますので……」

「いや、大丈夫だよ。むしろ役得なくらいだ」

「ふふ、本当にお優しいですね、青柳君は」

そんな俺の言葉を聞いたシャーロットさんは、なぜか優しく微笑んできた。

かわいいエマちゃんに甘えられるのはむしろ嬉しい、と思って言った言葉だったのだけど、この反応を見るに俺が気を遣って言ったと思っているのかもしれない。

と、そんなふうに俺たちが話していると――。

『むぅ……。おにいちゃんたち、なにいってるのかわからない……』

腕の中にいるエマちゃんが、小さく頬《ほお》を膨《ふく》らませて拗《す》ねていた。

まだ幼いから日本語で話す俺たちの会話がわからず、疎外《そがい》感を覚えてしまったようだ。

『あっ、ごめん。これからは英語で話しをするね』

一人仲間外れにするわけにもいかず、俺はエマちゃんに謝り英語で話すことにする。

『ありがとうございます、青柳君。青柳君は英語がお上手《じょうず》なのですね』

シャーロットさんもエマちゃんを除《の》け者《もの》にしないよう、俺と同じように英語で話し始めた。

彼女からすれば英語が母国語なため、こっちのほうが話しやすいだろうしこれでいいのかもしれない。

『シャーロットさんの日本語ほどじゃないけどね』

『いえ、私の日本語よりも凄くお上手だと思います』

『そんなことはないよ、シャーロットさんのほうが凄く上手《うま》いと思う。どこで日本語を覚えたのか聞いていても大丈夫？』

『青柳君のほうがお上手だと思うのですが……私は、両親から教えて頂きました』

いたちごっこになりそうだったので俺が質問を交えて返すと、シャーロットさんは少し納得がいかないような様子で俺の質問に答えてくれた。

シャーロットさん、日本語を親から教わっていたんだな。

もしかして上品な娘に育てるために、お嬢様口調の日本語を教えたのだろうか？

どうしても興味が湧いてしまうが、これ以上踏み込むのは我慢する。

あまり聞きすぎると相手はいい気がしないだろうからな。

『エマも、にほんごはなしたい』

俺とシャーロットさんがやりとりをしていると、その会話を聞いていたエマちゃんがうらやましそうにシャーロットさんを見る。

日本語がどういう言葉かを理解できているのか不思議に思ったが、シャーロットさんが使うからなんとなくはわかっているのかもしれない。

『心配しなくても、エマちゃんなら話せるようになるよ』

『ほんと……？』

『うん、ほんとだよ』

『やったぁ！』

俺が頷くと、エマちゃんは嬉しそうに喜んだ。

そしてスリスリと頬を俺の胸に擦り付けてくる。

まるで猫みたいな子だ。

日本語に関しては親がシャーロットさんに教えている以上、当然エマちゃんにも教えるだろう。

それにシャーロットさんは面倒見もよさそうだし、エマちゃんが覚えたがっているのなら教えてくれるはずだ。

ましてやここは日本なのだから、暮らしているうちに自然と話せるようになる。

だから、エマちゃんが日本語を話せるようになるのは時間の問題だ。

『……………』

『ん、どうしたの?』

甘えてくるかわいいエマちゃんを見つめながらそんなことを考えていると、シャーロットさんがこちらを見つめてきたので俺は声をかけてみた。

すると、彼女は感心するような表情で口を開く。

『いえ、本当によく懐いているので少し驚きまして……』

『あぁ、この子人懐っこいよね』

『いえ、エマはこう見えてとても気難しい子ですよ? 少なくとも、家族以外の方にこんなふうに甘えている姿は見たことがございません』

それはとても意外だ。

見た感じとても甘えん坊で、甘えることが大好きなように見えるのに本当なのだろうか?

不思議に思った俺はついエマちゃんを見つめてしまう。

すると、俺に見つめられていることに気が付いたエマちゃんがこちらを向いた。

そして――。

『えへへ』

とてもかわいい笑みを浮かべ、俺の胸に再度顔を預けてきた。

本当にかわいくて仕方がない子だ。

あまりにもかわいいので頭を優しく撫《な》でてみると、更にかわいい笑顔を見せてくれた。

なんだろう、ずっと甘やかしていたくなる。

『いったいどんな方法でエマがここまで懐いたのでしょうか?』

『う~ん、でも、猫の動画を見せたくらいなんだけど……』

『猫ちゃんですか……。確かにエマは猫ちゃんが大好きですが、それだけでここまで懐くとは思えませんね……』

やはり姉としては妹が懐いていることが気になるのか、シャーロットさんは真剣な表情で考え始めた。

そして――ニコッと、かわいらしい笑みを浮かべる。

『やはり、青柳君がそれだけお優しいということなのでしょうね』

『――っ。な、なんでそうなるの?』

俺はシャーロットさんの素敵な笑顔に一瞬ドキッとしてしまい、動揺《どうよう》しながら思わずそう尋ねてしまった。

『エマが懐く理由として一番ありえそうな事実だからです。実際、青柳君はとてもお優しい御方ですしね』

『そうなのかな?』

『はい』

俺が首を傾《かし》げながら再度尋ねると、シャーロットさんはとてもかわいい笑みを浮かべてご機嫌な様子でコクリと頷《うなず》いた。

正直優しいと言われても自分ではよくわからないものだ。

しかし、彼女には高い評価をしてもらえているらしい。

そのことを俺はとても嬉しく思った。

――それから俺たち三人は雑談をしながら俺の家を目指して帰る。

学校で起きた些細《ささい》なことを話してもシャーロットさんは楽しそうに笑ってくれ、エマちゃんも体を揺すりながらご機嫌な様子だった。

今日初めて会ったばかりなのに彼女たちと一緒にいるのは凄く心地いい。

いつまでも一緒にいたくなるような、そんな感じだ。

しかし――。

『ねぇシャーロットさん。どうして急に俺から距離を取っているの?』

先程まで楽しく話していたはずなのに、急にシャーロットさんは俺から距離を取ってしまった。

いったいどうしたのだろうか……？

『あっ、えっと……特に理由はないのですが……』

理由はないと言っているにもかかわらず、更に距離を空けようとするシャーロットさん。

どうしよう、俺の精神力が急激に削られる。

シャーロットさんに嫌われたら普通に立ち直れないのだが、話しをしている中で何か気に障《さわ》るようなことを言ってしまったのだろうか……？

『ごめん……』

『ど、どうして謝られるのですか……？』

『いや、なんだか嫌な思いをさせているみたいで……』

俺が落ち込みながらそう言うと、シャーロットさんは凄く困ったような表情をした。

嫌で距離を開けている相手なのにもかかわらず、気を遣ってくれるなんてやはり彼女は優しい子だ。

そしてそんな優しい女の子に嫌われてしまった俺は、いったいこれからどうしたらいいのだろう？

真面目《まじめ》に落ち込んでしまうんだが……。

『あ、あの……多分勘違いされているようなので言いますけど……これは決して、青柳君が嫌で距離を空けているわけではないのですよ……？』

俺の言葉を聞いたシャーロットさんは困ったような笑みを浮かべてそう言ってきたのだが、そうなれば当然疑問が浮かんでくる。

『だったら、どうして距離を取ったの？』

直球でぶつけられた質問に対し、シャーロットさんは視線を彷徨《さまよ》わせる。

答えるかどうか悩んでいるようだ。

そしてシャーロットさんは視線を彷徨わせた後、口元に手を当てて恥ずかしそうに口を開いた。

『走り回って汗をかいていたのを思い出して……。は、恥ずかしいのです……』

顔を真っ赤にし、消え入りそうな声でそう呟《つぶや》くシャーロットさん。

先程も汗を気にしていた通り、やはり女の子である以上汗の匂《にお》いなどが気になってしまうようだ。

いや、それにしても……やっぱりかわいすぎるだろ、シャーロットさん……。

——照れる美少女留学生のあまりのかわいさに、俺の思考は停止してしまうのだった。

シャーロットさんのかわいさにやられた後、俺たちの間には気まずい空気が流れていた。

俺はもうシャーロットさんの顔を見れなくなっているし、シャーロットさんも自分の汗が気になるのか未だに俺から距離を取っている。

エマちゃんに関しては、スヤスヤと俺の腕の中で寝始めてしまった。

この子はなかなかの自由人だ。

◆

「――あ、あの……」

沈黙が気まずくて何か話しをしようと思ったら、俺の声とシャーロットさんの声が重なってしまった。

俺はもう少し黙っておけばよかったと思いながらも、すぐに口を開く。

「ごめん、何かな？」

「あっ、いえ……青柳君こそ、何かお話があるのですよね？」

「いや、俺のはいいよ。シャーロットさんの話を聞かせてよ」

「いえ、私も大丈夫ですので……青柳君のお話を聞かせてください」

お互いに譲《ゆず》り合う俺たち。

このままだと気まずくなる一方なため、俺は何か話題を振ることにする。

ちなみにエマちゃんが寝ているため、話す言語は日本語に戻していた。

「えっと……クラスには慣れた？」

「そうですね……正直、まだ慣れてはいませんね」

うん、そうだよな。

だって今日留学してきたばかりだもん。

これで慣れたと言われてもただ言い繕《つくろ》われているようにしか聞こえないのに、どうしてこんな話題を振ったんだ、俺は……。

気まずい空気だけじゃなく、シャーロットさんが相手ということで緊張して頭が回っていないのかもしれない。

この話題は普通に失敗だった。

何か別の話を振らないと……。

俺がそんなことを考えていると、シャーロットさんが何やら俺の顔を見つめてきた。

だから俺も視線を向けると、彼女はゆっくりと頭を下げる。

「――今日は、ありがとうございました」

そして彼女が言ってきたのは、お礼の言葉だった。

おそらくエマちゃんを保護したことを言っているんだろう。

「もうお礼を言うのはやめてほしいな。エマちゃんを助けたのは偶然だし、お礼ならさっき聞いたからさ」

「いえ、エマのことはもちろんなのですが、今日私をかばって頂いたことに関してもお礼を言わせて頂きたいのです」

そういえば、俺が庇《かば》ったことを彼女は気付いていたんだったな。

職員室にいた時はエマちゃんのことがあったからスルーしてしまったんだけど、正直彼女を庇うために動いたと知られると恥ずかしい。

だからそのまま終わりにしてほしかったんだが……。

ただ、もう話題にあげられてしまったのなら誤魔化《ごまか》すのはよくないだろう。

それにもしあの時のことを誤解しているのならその誤解は解いておきたいし、丁度《ちょうど》いいのかもしれない。

俺は少し照れくさかったが、シャーロットさんの目を見つめて口を開く。

「誘うのはいいことだけど、無理強《むりじ》いはよくないからね。だけど、彰は悪気があったわけじゃないから許してやってほしいな」

彰はシャーロットさんが早くクラスに溶け込めるように動いただけだし、妹を連れてきていいと言ったのも善意から言っている。

あいつならエマちゃんを邪魔者扱いはしないし、本当に歓迎していただろう。

そのことを誤解されて、無理矢理誘ってくるような奴とは勘違いしてほしくなかった。

「はい、わかっております。歓迎会をして頂けると聞いた時は凄《すご》く嬉しかったです。ですが、家にはエマが一人でお留守番をしていましたし、日本語が話せないこの子を歓迎会に連れていくのは怖い思いをさせるかもしれませんので、お断りさせて頂いたんです。そんな私を青柳君は庇ってくださっただけでなく、私が気にしないでいいように別の理由で皆さんを説得してくださいましたよね？　そのせいで青柳君を悪者にしてしまってごめんなさい」

お礼を言われたと思ったら、今度は謝るという意味でシャーロットさんは頭を下げてきた。

あの時はうまくやったと思ったのに、逆にシャーロットさんに責任を感じさせてしまったようだ。

俺の思惑が気付かれなければこうはなっていなかったのだが、シャーロットさんは察しがいいみたいだな。

「気にしないでいいよ。俺がしたいようにしただけだし、何か問題が起きたわけじゃないんだからさ。むしろ気にされると、なんだかバツが悪くなるし」

「……青柳君は、本当にお優しいですね。わかりました、気にしないようにさせて頂きます。ですがその代わり、私の感謝の気持ちは受け取って頂けると嬉しいです」

微笑《ほほえ》むように優しい笑みを浮かべたシャーロットさんは、自分の胸元に両手を添えながらそう言ってきた。

その笑顔はまるで天使のようだと思ってしまうくらいに綺麗《きれい》でかわいらしい。

それに、ここまではっきりと感謝を口にされるとどこか気恥ずかしかった。

シャーロットさんは誠実な性格をしているのかもしれないけれど、あまり感謝されることには慣れていない俺にとってはまぶしく見えてしまう。

何より、純粋にシャーロットさんの笑顔がかわいすぎて直視できない。

「まぁ、うん……わかったよ」

シャーロットさんの顔を見続けられなくなった俺は、視線を若干《じやつかん》シャーロットさんから逸《そ》らしながら返事をしておいた。

——それからは少しだけ空気が軽くなり、雑談をしているととうとう俺が住んでいるマンションへと着いてしまった。

「えっと……シャーロットさんたちも中に入るの……?」

「はい」

マンションに入る前に最後の確認をしてみると、シャーロットさんは迷いを感じさせない笑顔で即答をした。

どうしてここまで清々しい笑みを浮かべているのか理解できない。

いや、そもそも俺の家にこようとしていること自体理解できなかった。

やはり海外の人はフレンドリーなのだろうか？

日本の学生なら出会ったその日に異性の家へと行くことはまずないだろう。

文化の違いとは怖いものだな……。

俺が階段を上ると、シャーロットさんは笑顔で後ろをついてくる。

俺たちはそのまま俺の部屋がある三階を目指した。

シャーロットさんはまだ汗を気にしているようではあったが、俺の家に来ることに対しては気にした様子がない。

これは、俺を男として見ていないということなのだろうか？

あまりにも平然としているシャーロットさんを見て、俺はヒッソリと心の中でショックを受けてしまった。

「ここが……俺の部屋だけど……」

ついに自分の部屋の前へと着いてしまい、戸惑いながらもシャーロットさんに知らせる。

今の俺は緊張から声が嗄《か》れてしまっていた。

家に着くまでは戸惑いのほうが大きかったが、いざ家に着くと緊張が一気に込み上げてきてしまったのだ。

女の子を家に招くだけでも初めてなのに、シャーロットさんのような美少女を家に招待するとなれば緊張して当たり前だろう。

「はい。あっ――少しお待ちください。今、鍵《かぎ》を開けますので」

シャーロットさんは笑顔でそう言うと、学生鞄《かばん》の中をあさり始めた。

そんな彼女を見ながら俺は頭の中で疑問を浮かべる。

鍵を開ける――って、なぜ彼女がこのマンションの部屋の鍵を持っているんだ？

そして、どうして隣の部屋のドアに手を伸ばしている？

そんなふうに俺は疑問を抱きながらシャーロットさんを見つめるのだが、彼女はこちらを気にした様子もなく隣の部屋の鍵を開けようとしていた。

そして――。

「開きました」

部屋の鍵がガチャッと音を立てると、シャーロットさんが嬉しそうな笑顔で俺の顔を見てきた。

「あっ、うん……」

俺は彼女の言葉に頷《うなず》きながらも、戸惑いからそれ以上の言葉が出てこない。

――正直言って、どうして彼女が隣の部屋の鍵を開けられたかについてはすぐに結論が出ていた。

しかし、確率からして信じられない事態だからこそ戸惑ってしまっているのだ。

「ふふ――実は私、青柳君の隣の部屋に住んでいたのです」

まるでいたずらが成功したことを喜ぶ子供かのように、シャーロットさんは笑みを浮かべた。

お茶目な一面もあるんだなと思う半面、どう表現したらいいのかわからない感情に襲われる。

美優先生が言っていた面白いこととは絶対このことだろう。

だからシャーロットさんも学校で得心がいった顔をしていたのだ。

おそらく彼女は、美優先生から俺たちの家が隣同士だということを聞いていたんだと思う。

個人情報保護法やプライバシーの侵害に関しては言いたいことがあるが、そこについてはツッコまないでおく。

美優先生にも考えがあっての行動だと思うからだ。

だがな――今日一日、いったいどうしたんだ？

漫画にでも出てきそうな美少女が同じ学校に留学してきただけでなく、クラスまでもが一緒となっている。

そして帰り道に出会った迷子の女の子を助けると、偶然にもその子は今日留学してきたばかりの美少女留学生の妹だった。

そのおかげで美少女留学生とお近づきになれただけでも幸運なのに、挙句《あげく》その美少女留学生たちは隣の部屋に住んでいるだと……？

俺、今日一日で人生の運全てを使い切ったんじゃないだろうか……。

――あまりの幸運続きに、俺は今後が怖くなるのだった。

第二章 「美少女留学生からのお願い事」

《――どうだ、驚いただろ？》
そう楽しそうに言ってくるのは、今しがた電話をしてきた美優《みゆ》先生だった。
シャーロットさんと別れた後、部屋着へと着替えた俺は今日習ったところを復習していたのだが、復習を始めてから三時間ほどが経った頃にスマホが鳴ったのだ。
わざわざ電話をくれるだなんて、シャーロットさんと隣同士だったことを知った俺の反応を知りたかったのか、それとも実は心配してくれているのか――おそらく、半々だろうな……。
「驚いたどころじゃないですよ。いったいどうなってるんですか、あれは？」
《おい、何を疑ったような声を出しているんだ？　言っておくが、私はシャーロットの引っ越しに関しては何も関与していないぞ？　シャーロットの住所を知った時にお前の隣に住んでいると気が付いたんだからな》
偶然にしては都合が良すぎる展開に美優先生が裏で手を回していたんじゃないかと少し疑っていたが、どうやら本当に偶然だったようだ。

まぁ普通に考えれば美優先生が手を回せるはずもないか……。

「はぁ……明日から、どんな顔して学校に行けばいいんだか……」

《ん？　普通な顔をして行けばいいだろ？　何を意識する必要がある？　……もしかしてお前、シャーロットに惚《ほ》れたのか？》

「――っ！」

俺の独り言を電話越しに聞き取った美優先生が、訝《いぶか》しげにそう尋ねてきた。

「い、いや、そんなわけないじゃないですか！」

《ふ～ん？》

「な、なんですか、その反応は……？」

《なぁ青柳《あおやぎ》。シャーロットってかわいいよな？》

「ま、まぁ、一般的に見ればそうでしょうね……？」

《人当たりもよく、素直でいい奴だよな？》

「今時珍しいくらいには、いい子だとは思いますね……」

《――決まりだな》

「何がですか!?」

得心がいったというような声を出す美優先生に対し、俺は思わず声を上げた。

質問に答えただけで何を決めつけてるんだ、この人は。

まぁ確かにそういう気持ちがないと言えば嘘になる。

だが、俺がシャーロットさんを好きになっているという態度は見せていないはずだ。

…………うん、多分。

今日一日を思い返してみると、段々と自信がなくなってきた。

だけど、まだバレていないと信じたい。

この先生も勘がいいだけで、確信しているわけではないだろうしな。

《だってお前、今まで女子をかわいいって言ったことがないだろ？》

「そ、それは、一般的にと前置きをしたはずです」

《なぁ青柳、もう諦めろ。お前、さっきからシャーロットについて話す度《たび》に照れてるんだよ。お前みたいに普段冷静な奴が電話越しですらわかるくらいに照れるだなんて、その時点で大体察することができるだろ？》

「それは……」

どうしよう、言い返す言葉が思い浮かばない。

下手《へた》な言葉を言えばそれで揚げ足をとられかねないし、だからといって適当な嘘をついても美優先生にはバレてしまうだろう。

かといってこのまま黙り込んでいるのもまずいわけで――。

と、そんなふうに考えていると《ピンッポーン》と、部屋のインターホンが鳴った。

「あ、誰か来たみたいです！　美優先生、その話はまた今度で！」

《あっ、おい！　逃げるな――》

まだスマホからは美優先生の声が聞こえたが、急用ということでブチッと通話を切った。

本来目上の人に対してこういうのはよくないのだけど、なんだかんだ言って美優先生とは気心が知れた仲なので大目に見てもらえるだろう。

何より美優先生は俺をからかおうとしていたのだから、こんな態度を取ってもそこまで責めてくることはないだろうしな。

――そんなことを考えながらドアを開けてみると、獣耳フードを被った小さな子供がドアの先に立っていた。

そしてその子はかわいらしい笑みを浮かべて俺の顔を見上げてくる。

『おにいちゃん……！』

そう俺を呼んできたのは、獣耳フードを被《かぶ》ってご機嫌な様子のエマちゃんだった。

『あれ、エマちゃん？　どうしたの？』

思いも寄らない来訪者に俺は腰をかがめながら尋ねてみる。

すると、申し訳なさそうにしたシャーロットさんがドアの死角から出てきた。

どうやら彼女同伴で俺の部屋を訪れたらしい。

シャーロットさんは家用の服なのかラフな格好になっており、やや無防備に見える姿にドキッとしてしまう。

そのうえ、月明かりを背にしているシャーロットさんは、どこか幻想的といっても過言じゃないほどに美しかった。

あまりの綺麗《きれい》さに思わず見惚《みと》れてしまう。

——が、服の袖《そで》をクイクイと誰かに引っ張られて現実に戻される。

いや、誰かというか、この状況だと一人しかいないのだけど。

見れば、先程までご機嫌だったエマちゃんが頬《ほお》を膨《ふく》らませていた。

『あっ、ごめんエマちゃん。それで、どうしたのかな？』

拗《す》ねてしまったエマちゃんに対して俺は謝りながら再度聞いてみる。

すると、頬はみるみるうちにしぼんでエマちゃんは嬉しそうに口を開いた。

『えっとね、エマ、おにいちゃんとあそびたいの』

かわいらしい笑みを浮かべながらそう言ってくるエマちゃん。

目が輝いていて、遊んでもらいたいとウズウズしている。

俺と遊びたくてわざわざ来るだなんて、どうやら思っていた以上にエマちゃんに懐かれているようだ。

『ごめんなさい、青柳君。エマがどうしてもと言って聞かなくて……。また脱走されても困りますので、少しの間お話し相手になってもらえませんか？』

そして、後ろで控えていたシャーロットさんがエマちゃんの言葉に対して補足をしてくれる。

しかし、俺は彼女の言葉に思わず心の中でツッコミを入れてしまった。

いや、脱走って……。

確かに勝手に家から出ていってしまったんだから脱走といえなくもないが、なかなか面白い表現をするな、この子。

『いいけど、その格好はもう寝ようとしていたんじゃないのかな?』

シャーロットさんのラフな格好は、見ようによっては寝間着《ねまき》にも見えなくもない。

エマちゃんのほうは獣耳フードがついたパジャマを着ており、どう見ても寝る準備を終えているようである。

だから、寝ようとしていたのに遊んでもいいのか疑問に思った。

『ごめんなさい……。青柳君の想像されている通りお風呂から上がった後寝かせようとしていたんですが、急に青柳君と遊びたいと駄々をこね始めたんです』

お風呂上がり――。

だから、シャーロットさんの頬は赤くなっているのか。

まだ体に熱がこもっているんだろうな。

頬が赤く染まっているせいで更にシャーロットさんが魅力的に見えるので、俺はとても得をした気分だった。

まぁそれはそれとして——。

『そうなんだね……』

シャーロットさんからエマちゃんが俺と遊びたがっていると聞いた俺は、視線を再びエマちゃんに戻す。

エマちゃんは俺とシャーロットさんが二人だけで話していたからか、また拗ねたような——そして、つまらなそうな表情で俺の顔を見つめていた。

だけど目が合うと、凄《すご》く嬉しそうに目を輝かせる。

かまってもらえると期待したのかもしれない。

そんな表情をされては寂しい思いをさせるわけにはいかないので、俺はエマちゃんの相手をすることにした。

だが、いくら夏を抜け始めたばかりの季節とはいえ、このまま外で話していると二人が湯冷めしてしまう。

とはいえ、外出するという選択肢《せんたくし》はないはずだ。

もう夜も更け始めているため、幼いエマちゃんを外に連れ出すという行為は絶対に避けるだろうからな。

だから場所は必然的に俺かシャーロットさんたちの部屋になるのだが、どちらもハードルが高い。

俺の部屋にシャーロットさんを招くなんて普通に落ち着かないし、シャーロットさんの部屋に行くなんてことになったらきっとドキドキし過ぎて心臓に悪いのだ。

それに、シャーロットさんも俺の部屋に来たり、自分の部屋に俺を招くのには抵抗があるだろう。

俺のことだけでなく、彼女の気持ちも考えないといけないのでとても判断に悩む案件だ。

……仕方ない。

ここは、シャーロットさんに判断をゆだねよう。

『シャーロットさん、場所移したいんだけど何処《どこ》がいい？』

『そうですね……』

俺からバトンを渡され、困ったようにシャーロットさんも考え始める。

多分考えているのは俺と同じことだろう。

まぁ同じといっても、シャーロットさんが俺を意識しているということはありえないのだが。

俺はシャーロットさんが考えるのを邪魔をしないように黙って彼女を見つめる。

すると――。

『エマ、おにいちゃんのおへやにいきたい……！』

シャーロットさんが答えを出すよりも早く、エマちゃんが俺の服をクイクイッと引っ張って自分の要望を言ってきた。

うん、どうやら場所は確定してしまったようだ。

一応シャーロットさんの顔を見て確認してみるが、彼女も俺と同じ結論に至ったのかコクンと頷《うなず》いて同意をしてくれた。

俺の部屋にシャーロットさんを招くのはまだかなり抵抗があるが、彼女たちに湯冷めで風邪《かぜ》をひかれるよりは断然いい。

――その後俺たち三人は、この場で一番の決定権を持つ幼女の言葉に従って俺の部屋へと移動をするのだった。

◆

『えっとどうぞ……』

『お邪魔します……』

『おじゃましま～す！』

ドアを開けて中に入ると、緊張した表情のシャーロットさんと、ワクワクといった表情をするエマちゃんが俺に続いて入ってきた。

シャーロットさんが緊張しているのは男の部屋に上がるからだろうけど、エマちゃんの表情はなんでだろう？

俺の部屋をアトラクションか何かと勘違いしていないよな？

『ここが……男の子のお部屋……』

部屋に入るなり興味深そうに俺の部屋を観察するシャーロットさん。

異性の部屋が珍しいのはわかるけど、見られるほうからすれば勘弁してほしい。

『あの、シャーロットさん？　あまり見られると恥ずかしいんだけど……』

『ご、ごめんなさい』

恥ずかしいことを伝えると、シャーロットさんは頬を赤く染めて謝ってきた。

モジモジと体を動かし、視線を逃がすように指をいじっている。

かと思えば、なぜかチラチラと俺の顔色を窺《うかが》い始め、目が合うたびに慌てて目を逸《そ》らすようになった。

汗を気にして恥ずかしがっていたくらいだし、結構シャイな子なのかもしれない。

――とまぁ、心の中では冷静に観察できているように思えるかもしれないが、正直俺の心臓は破裂するんじゃないかと思うほどに鼓動が速くなっていた。

ただでさえシャーロットさんを部屋に招き入れて緊張しているのに、なんでこの子はこんなにもかわいい表情をするんだよ。

反則にもほどがあるだろ。

頬を赤く染めて照れた様子を見せるシャーロットさんを、俺はもう直視できなくなりそうだった。

『おにいちゃん、ここ、すわって？』

シャーロットさんに視線を奪われていると、いつの間にか俺を追い越して部屋の中央にいたエマちゃんが、床をポンポンと叩きながら俺を呼んできた。

一応ここ俺の家なんだけど、この子の自由さは相変わらずだ。

とりあえずエマちゃんに指定された場所へと俺は座ってみる。

『んっ……おにいちゃん、て、よけて？』

胡坐《あぐら》をかくと、足の上に置いていた俺の手を避けるようにエマちゃんがお願いをしてきた。

エマちゃんは小首をかわいらしく傾《かし》げながら、何かを期待するかのような表情で俺の顔を見つめている。

よくわからないが、エマちゃんの言う通り手を避けてみた。

すると――

『んっ……えへへ』

――エマちゃんが、俺の足の上へと座ってきた。

『『エマ（ちゃん）!?』』

予想外の行動に、シャーロットさんと俺の声が重なる。

まさか足の上に座ってくるだなんて誰が予想できようか。

当のエマちゃんは、俺たちの反応なんて気にせず楽しそうに体を揺らしている。

そう思ったら、ポンッと俺の胸に背中を預けてかわいらしい笑顔で俺の顔を見上げてきた。

もう反応が追いつかない。

『エマ、だめだよ？　青柳君が戸惑ってるでしょ？』

俺よりも先に我に返ったシャーロットさんが、手を伸ばして俺の足の上からエマちゃんをどかせようとする。

『やっ……！』

しかし、エマちゃんはシャーロットさんの手を払って拒絶した。

それどころか、絶対にどかないという意思表示をするかのように俺へと抱き着いてくる。

『もう、言うことを聞いてよ……！　これ以上困らせないで……！』

『やっ！　ロッティーのいじわる！』

『意地悪じゃないよ……！　青柳君を困らせたくないの……！』

『おにいちゃんいやがってないもん！　ね、おにいちゃん？』

俺の足の上で攻防を繰り広げるベネット姉妹。

どう反応したらいいのかわからず見守っていたのだが、縋《すが》るような目をしたエマちゃんに話を振られてしまった。

頰《ふく》を膨らませながら俺の顔を見上げるエマちゃんに、《だめと言ってください》と口を動かすシャーロットさん。

俺はいったいどちらの味方をすればいいのか……。

エマちゃんは幼いんだから我儘《わがまま》を聞いてあげたいが、シャーロットさんはそれを望んでいない。

あちらを立てればこちらが立たずといった状況で、どちらかを裏切らないといけないなんて究極の選択だ。

こんなの、選べるわけがないだろ……。

第三者からすれば《何言ってんの、お前？》とでも言われそうだが、俺としてはかなり深刻な問題だった。

どちらも裏切ることなんてできない……。

『おにいちゃん……』

答えを出せずにいると、エマちゃんがウルウルとした瞳で見つめてきた。

その瞳には《だめなの……？》という意思が込められているように感じてしまう。

………………ごめん、シャーロットさん。

『うん、嫌じゃないよ。エマちゃんが座っていたいなら好きなだけ座っていていいからね』

エマちゃんの瞳にやられた俺は、結局エマちゃんの味方をしてしまった。

それによりエマちゃんの表情はパァッと明るくなり、逆にシャーロットさんは困ったような表情を浮かべてしまう。

　妹の我が儘に心を痛めているのかもしれない。

『青柳君は、本当にお優しい御方ですね……』

『えっと、ごめん……』

『いいえ、謝らなければいけないのは私のほうです。妹がご迷惑をお掛けして本当に申し訳ございません』

　エマちゃんの行動に対して、シャーロットさんが深くお辞儀《じぎ》をして謝ってきた。

　全然シャーロットさんのせいじゃないのに、相変わらず真面目《まじめ》でしっかりとした子だ。

『いや、いいよ。本当に嫌じゃないからさ、そんなに気にしないでほしいな』

『ありがとうございます……。私も、座ってもよろしいでしょうか？』

『えっ⁉　俺の足の上に⁉』

『ち、違います！　床にです！』

　いきなりシャーロットさんは何を言い出すんだ、と思ったら俺のほうが何を言っているんだという感じだった。

　話の流れでなぜか勘違いしてしまったのだけど、そのせいでお互い顔が真っ赤になってしまう。

『ご、ごめん……。好きなところに座ってくれたらいいから』

『そ、それではここに――』

シャーロットさんは俺の対面となる位置に座った。

まぁ座る位置としては妥当《だとう》だと思う。

これで隣なんかに座られれば、いよいよ俺の心臓が保たない。

『おにいちゃん、あそびたい』

シャーロットさんを見ていると、腕の中にいるエマちゃんがクイクイと俺の胸元の服を引っ張りながら急《せ》かしてきた。

もう待てない、とでも言わんばかりにウズウズとしている。

『待たせてごめんね、何をして遊びたい？』

『んっ、おにいちゃんとあそびたい』

『えっと……』

『青柳君となら、どんな遊びでもいいって言いたいんだと思います』

エマちゃんの返答に困っていると、いつも相手をしていて慣れているシャーロットさんが本当の意味を教えてくれた。

『そうなの？』

『んっ！』

一応エマちゃんにも確認してみると、エマちゃんは元気よく頷《うなず》いた。

どうやらシャーロットさんの言う通りのようだけど、となるといったい何で遊ぼうか？

ゲームなんて持っていないし、おもちゃも持っていない。

ましてやこんな幼い子が遊べるようなものとなると……。

『シャーロットさん、エマちゃんはよく何で遊ぶの？』

教えてもらったほうがエマちゃんを楽しませることができると思った俺は、変な意地を張らずにシャーロットさんに聞いてみた。

『そうですね、結構気分屋の子ですが……最近はドミノがお気に入りのようです』

『ドミノ……！』

ドミノと聞き、エマちゃんは目を輝かせた。

これはもう、ドミノをやる気満々になっているようだ。

そういえばドミノって日本ではドミノ倒しをさすことが多いけど、前にテレビで本当の遊び方は違うと言っていたな。

確か、サイコロに描かれているような数字がドミノのピースにも描かれており、最初に配られたピース——いわゆる手札の中から既に場に出ている数字と同じ数字のピースを出すことで、ピースを繋《つな》げてポイントを稼《かせ》いでいくという遊び方があると言っていた。

数字を繋げた時に角となっている数字たちを足し、五で割り切れればその割り切った数がポイントになるらしい。

逆に割り切れなかった場合はポイントにならないそうだ。

他にもいろいろとルールはあるようだけど、トランプみたいな遊び方をする海外で人気の遊びらしい。

だからエマちゃんも好きなのだろう。

彼女たちはイギリス人だし、ここで言っているドミノはトランプみたいに遊ぶほうだな。

『えっと、俺ドミノ持ってないんだけど……』

『大丈夫ですよ、すぐにお部屋から持ってきますので』

シャーロットさんはそれだけ言うと、立ち上がって自分の部屋へと戻っていった。

『シャーロットさん、優しいね』

『んっ、ロッティーはやさしい』

『シャーロットさんのこと好き？』

『んっ、だいすき』

頭を撫《な》でながら話しかけると、エマちゃんは気持ち良さそうに目を細めながら頷いた。

妹にこれだけ懐かれているだなんて、それだけで彼女の人柄が見えた気がする。

少なくとも、妹思いで優しいお姉さんなのだろう。

『――おまたせしました』

数分後、エマちゃんとおしゃべりをしているとシャーロットさんが戻ってきた。

だから俺は、ドミノをするためにエマちゃんを膝から降ろした。

しかし――。

『むぅ……』

なぜか、エマちゃんは頰《ほお》をパンパンに膨らませて俺の顔を見上げてきた。

ドミノは相手に手札を見せないようにしないといけないため、エマちゃんが俺の膝の上に座ったままではできない。

だから降ろしたのだけど、エマちゃんはそのことがわかっていないのだろうか？

『えっと、ドミノするんだよね……？』

『だっこ』

一応確認をしてみると、何を考えているのかエマちゃんは両腕を広げて抱っこを求めてきた。

なんだか凄《すご》くご立腹のご様子だ。

『もしかして、もうドミノはやる気がないのかな？』

『いえ、おそらく違うと思います』

『シャーロットさん？　というと？』

何か訳知り顔のシャーロットさん。

そんな彼女の表情は、凄く申し訳なさそうだった。

『えっと……エマ、今日は自分で並べようか？』

てしまった。

シャーロットさんは腰を屈め、エマちゃんに対して優しい声で話しかける。

するとエマちゃんもシャーロットさんのほうを見るが、ブンブンと不満そうに首を横に振ってしまった。

そのやりとりを見て、俺は先程のシャーロットさんの言葉の意味を理解する。

『もしかして、ドミノってトランプみたいに遊ぶほうじゃなくてドミノ倒しのほうなのかな？あと、この様子だと普段エマちゃんは自分で並べていないの？』

『そうですね、イギリスですと青柳君が言われているトランプみたいに遊ぶほうが一般的なのですが、生憎《あいにく》エマはそちらでは遊びません。一度テレビでドミノ倒しを見てから、ドミノを倒して遊ぶのが大好きになったんです。ただ……倒すのと、倒れるところを見るのが好きなだけで、自分が並べるのは嫌がります』

なるほど、どうやら俺が早合点《はやがてん》してしまったらしい。

半ば無意識に、彼女たちがイギリス人だからという理由で特別視してしまったようだ。

そういうのはよくないから、今後は改めないといけないな。

それにしても、普通こういうのって自分で並べて倒すから楽しいんじゃないのだろうか？

もしかしたら、エマちゃんは幼いからめんどくさく思っているのかもしれないな。

『そっか……だから、抱っこした状態で俺に並べて欲しかったって感じかな？』

『いえ、この場合ですと……おそらく私に並べてもらうつもりだったんだと思います』

『んっ』

まるで肯定するかのように力強く頷くエマちゃん。

ドヤ顔なところもかわいいのだけど、これは幼さゆえの強さが垣間見《かいまみ》えた気がする。

『もしかしなくても、エマちゃんを凄く甘やかしてそうだね……』

『かわいいのでつい……』

『だよね。うん、わかるよ』

エマちゃんに甘えたそうな表情や、おねだりするような表情をされたらなんでも言うことを聞いてしまいそうになる。

というか、多分絶対無理なことでない限り聞いてしまうだろう。

幼いだけでなく、シャーロットさんの妹だけあって顔も整っているのでもう反則級のかわいさなのだ。

『とりあえず、シャーロットさんがエマちゃんを抱っこしててくれるかな？　俺がドミノを並べるからさ』

さすがに女の子が並べているところを黙って見ておくというのはバツが悪く、エマちゃんが抱っこをしてほしいならそれをシャーロットさんに任せようと思った。

しかし――。

『むぅ……』

再び、エマちゃんには不満そうな表情を向けられてしまった。

『あれ……？』

『エマは、青柳君に抱っこをして頂きたいので……』

『んっ！』

ただ抱っこが好きというわけではなく、俺にしてほしいってことなのか……。

どうやらかなり懐かれているようだ。

まぁ、それなら――。

『エマちゃん、だったら俺と一緒に並べない？』

『ん？』

『ただ倒すだけよりも、自分で並べてから倒すほうが楽しいと思うよ』

折角《せっかく》懐いてくれているのなら、エマちゃんが自主的にやってくれるように誘導してみよう。

もしかしたら、一緒にやるなら並べることもやってくれるかもしれない。

そんなふうに思って誘いをかけてみたのだけど――。

『やっ』

――そう単純な話でもないらしい。

『昔、エマも並べたことがあるんです。ですが、あともう少しで全部並べ終えるってところで倒してしまって……それ以来、エマは自分では並べなくなったのですよ』

『そうなんだ……。確かに、完成まであと少しってところで崩れたらショックが大きいよね』

それでエマちゃんはヘソを曲げてしまったんだな。

となると、エマちゃんにやってもらうのは難しいか。

『その時は大泣きして暴れ回っていましたからね。ですが、ドミノが倒れていくところは今でも大好きなので、今日のところは私が並べさせて頂きます』

『ごめんね、シャーロットさん』

さすがに片手でエマちゃんを抱っこするわけにもいかないので、俺はシャーロットさんに並べるのを任せることにした。

普通なら嫌がってもおかしくないのに、シャーロットさんは不満そうな表情どころか笑顔でドミノを並べ始める。

いったいどんな家庭環境で育ったらこんなにも優しくていい子に育つのか、俺には想像もできなかった。

『……♪』

手慣れた様子で次々とドミノを並べていくシャーロットさん。

そんな姉のことを、俺の腕の中にいる小さな天使はご機嫌な様子で眺めていた。

その小さな天使こと甘えん坊のエマちゃんは、体を左右に揺らしながら聞き覚えのない鼻歌を歌っている。

イギリスの歌なのだろうか？

幼い子特有の独特な高い音程の鼻歌は、聞いていてなんだか心が安らぐようだった。

シャーロットさんを見つめていると姿勢的に目のやり場に困るし、今はこの小さな天使を眺めながら鼻歌を楽しませてもらおう。

――そんなふうにエマちゃんと二人してドミノが並び終わるのを待っていたのだが、途中からは鼻歌に飽きたのかエマちゃんは俺にもたれて頭を擦り付けながら甘えてくるようになった。

時には姿勢を変えて俺のほうに向き直り、ジッと無言で見つめてきたりもする。

そして見つめ返すと、ご機嫌そうに笑ってまたシャーロットさんのほうに向きを変え直すのだ。

エマちゃんにとってはこれも一種の遊びのようで、シャーロットさんがこちらに声を掛けてくるまで何度も繰り返していた。

『ふふ、すっかり仲良しさんですね。こんなにも楽しそうなエマは久しぶりに見ます』

『そうなんだね。エマちゃんはとてもかわいいからつい甘やかしたくなっちゃうんだ』

俺はエマちゃんの頭を優しく撫でながらシャーロットさんに笑顔を返す。

エマちゃんは撫でられるのが好きなのか、気持ちよさそうに目を細めながら膝の上でおとなしくしていた。

猫耳フードを被《かぶ》っているのもあって、まるで猫みたいにかわいらしい。

『エマも甘えられるお兄ちゃんができてよかったね』

『んっ！』

元気いっぱいに頷《うなず》くエマちゃん。

見ていて思わず頬が緩《ゆる》みそうになってしまった。

『エマ、ドミノ並び終わったから倒しちゃおっか』

『エマがたおす……！』

『そうだね、エマが倒そうね』

本当にエマちゃんはドミノを倒すのが好きらしく、倒す準備ができたと知るなりピョンッと俺の膝から降りてシャーロットさんにアピールを始めた。

そしてそんな妹に対してシャーロットさんは優しい笑顔で対応をしている。

歳《とし》が離れているというのもあるのだろうけど、本当に仲がいい姉妹だ。

見ていると心が温かくなり、いつまでも見ていたくなってしまう。

エマちゃんはシャーロットさんに連れられて並べたドミノのところに行くと、ワクワクとした様子でシャーロットさんの顔を見上げた。

『いつでもいいよ』

そしてシャーロットさんの許しを得ると――。

『えいっ！』

元気よく、一つ目のドミノを倒した。

一つ目が倒れたことで連なるようにドミノは倒れていく。

ジャラジャラと耳心地がいい音を立てながら勢いよく倒れていくドミノを見て、エマちゃんはペチペチと拍手をしながらとても喜んでいた。

しかし、やはり部屋の中ということもあり、今回並べたドミノの規模は小さかったのですぐに終わりを迎えてしまった。

すると今度はエマちゃんが悲しそうな表情を浮かべ、ジッと縋《すが》るような目でシャーロットさんを見つめる。

『ロッティー……』

『もう一回だね？』

『んっ！』

エマちゃんの想いを汲《く》み取り、シャーロットさんはまたドミノを並べ始める。

そしてエマちゃんはテクテクと俺の元まで戻ってき、また俺の膝の上へと座ってきた。

『シャーロットさんが並べるのを待つの？』

『んっ！　ロッティーなれてるから』

並べることはシャーロットさんが慣れてるから任せると言いたいんだろうけど、どうして慣れているのかを考えるとちょっと複雑な気分になった。

シャーロットさん、普段から頑張ってるんだろうな……。

――それにしても、ドミノ倒しか……。

倒れた後に何か文字や絵を浮かびあがらせると面白そうだ。

それだったらエマちゃんはもっと喜んでくれるかもしれないし、単純に俺がやってみたいというのがある。

今度何か面白いものを浮かびあがらせることができないか考えてみよう。

『ねぇねぇ、おにいちゃん』

『うん？　どうしたの？』

『えへへ、よんだだけ～』

呼ばれて顔を向けると、エマちゃんはご機嫌そうに笑って俺の胸に顔を埋めてしまった。

何この子!?

天使!?

天使かな!?

まるで天使のように無邪気で尊《とうと》い存在が腕の中にいることで、俺は思わず我を忘れそうになってしまう。

『ふふ、甘え放題ですね』

ドミノを並べながら俺たちも見ていたのか、無邪気な妹を見てシャーロットさんは優しい笑みを浮かべた。

どこか母性を感じさせるような優しい笑顔で、シャーロットさんが超絶美少女ということも相まって反則級の魅力を放っている。

なんだろう……今までほとんど感じたことはなかったけど、このひと時は凄《すご》く幸せだ。

『俺は幸せ者だね』

『幸せ者なのは、優しく受け入れてくださるお兄ちゃんと出会えたエマのほうだと思います。ね、エマ？』

『んっ！　エマね、おにいちゃんだぁいすき！』

やばい、涙が出そうだ。

今日会ったばかりだというのに、こんなにも嬉しい言葉を言ってもらえるとは思わなかった。

『おにいちゃん、どうしたの？　いたいいたい？』

ちょっと涙ぐんでしまったのを悟られ、エマちゃんが不安そうな表情で見上げてきた。

『ううん、なんでもないよ。それよりも、もうすぐドミノが並び終わりそうだね』

『はい、もうすぐです』

シャーロットさんも俺の表情を見て少し驚いた顔をしていたけれど、話題をドミノに移すとすぐに笑顔で対応をしてくれた。

多分気を遣ってくれたのだろう。

気を付けないと、二人に変な誤解を与えてしまいそうだ。

二人がいる時はなるべく笑顔でいるようにしないと。

『ドミノ♪　ドミノ♪』

もうすぐ並び終わると聞いて、エマちゃんは嬉しそうに体を揺らし始める。

ニコニコとご機嫌で、見ているだけで幸せな気持ちになった。

そしてドミノが並び終わると——。

『えいっ！』

すぐにエマちゃんはドミノのところに行き、先程と同じように元気よく倒してしまった。

そしてまた倒れ切ると悲しそうな表情を浮かべ、シャーロットさんに並び直してくれるようにねだり始める。

おかげで、シャーロットさんがドミノを並べ、エマちゃんが倒すというループが数度繰り返された。

しかし、さすがに何度も繰り返すと飽きてしまったのか、五回ほど繰り返した後エマちゃんはおねだりをせずに俺の元へと戻ってきてしまった。

そして、ご機嫌な様子でおしゃべりを始めてしまう。

だから俺も笑顔で話し相手になっていたのだけど、そんな俺たちのやりとりを片付けを終えたシャーロットさんは黙って見つめていた。

さすがに二人だけで話し続けるのもよくないと思いシャーロットさんにも話を振ろうかと思ったが、俺は彼女の表情を見て口を閉ざしてしまう。

するとエマちゃんが次の話を振ってきたので、そのまま俺はエマちゃんの相手をすることにした。

——俺がシャーロットさんに話を振るのをためらってしまった理由。

それは、俺の膝の上に座っているエマちゃんを見つめるシャーロットさんが、まるでエマちゃんを羨《うらや》ましがるかのような表情をしていたからだ。

——その後も俺は、ずっとエマちゃんの話し相手になっていた。

途中からはたまにシャーロットさんも話に加わっていたが、妹の話す邪魔をしないよう気を付けていたようだ。

そして俺も、エマちゃんが話したいことを話せるように聞き役に徹していた。

エマちゃんは初めて飛行機に乗った時のことや、今日見た猫の動画についてなど色々なことを話してくれている。

話している間も自分の頭を俺の胸に押し付けて甘えてきたり、俺の手をとって遊び始めたりと、なんだか見ていてとても幸せな気分になった。

そうしていると、エマちゃんがウトウトとし始める。

もう遅い時間だし、今日は色々とあったから疲れてしまったのだろう。

このままゆっくり寝させてあげよう。

俺とシャーロットさんは、エマちゃんが寝るまで黙って見届けることにした。

少しすると、エマちゃんからかわいらしい寝息が聞こえてくる。

どうやら完全に寝たようだ。

「――ありがとうございます、青柳君」

今日何度目になるかわからないお礼をシャーロットさんが言ってきた。

見れば、とても優しい表情でエマちゃんを見つめている。

今のシャーロットさんは、妹を優しく見守るお姉さんといった感じだ。

この子がシャーロットさんにとってどれだけ大切なのかがよくわかる。

「別にお礼を言われることなんてしていないよ」

「そんなことはないですよ。エマの相手をして頂けてとても嬉しいです」

「はは、それはよかった。俺も今日は楽しかったよ」

結構振り回されていたような気もするが、実際エマちゃんの話し相手になっていて楽しかった。

エマちゃんのような妹がいるシャーロットさんが羨ましい。

本当にこの子はとてもかわいいからな。

「きっとこの子にとっては、青柳君はヒーローなのでしょうね。言葉が通じないせいで誰にも助けてもらえなかった時、青柳君が声を掛けてくださった。そして笑顔で優しく相手をしてくださいます。この子が青柳君に懐くのもよくわかります」

どうしよう。

そんな大したことはしていないのに、なんだか凄く高評価を受けているんだけど。

照れくさすぎてシャーロットさんの顔が見られないな……。

俺は気恥ずかしくなり思わずシャーロットさんから顔を背けてしまった。

しかし、俺が顔を背けている間もシャーロットさんの話は続く。

「見知らぬ土地に、言葉が伝わらない人たち。多分この子にとってこの日本は、とても怖い場所になっていると思うのです。ですから——もしよろしければ、この子が日本に馴染《なじ》むまでの間遊び相手になって頂けませんか？」

「遊び相手……？」

思わぬお願いに、俺は腕の中でスヤスヤと寝ているエマちゃんに視線を移した。

シャーロットさんが言っていることはわかる。

自分の言葉が通じないというのはとても不安になるし、ましてや知らない土地は怖いものだ。

幼いこの子にとってはその感情が人一倍大きいだろう。

しかし、俺にも都合がある。

普段の俺は、帰宅すると授業の予習や復習をしている。

それはある目標があるからであり、その時間を削ることはあまり喜ばしくない。

だけど——。

俺はチラッと、シャーロットさんの顔を見る。

シャーロットさんは真剣な表情で俺の顔を見つめていた。

今日初めて会ったばかりではあるが、彼女がどういう子なのかは少し理解できたと思う。

他人に気を遣い、自分のことは後回しにするような優しい女の子だ。

そんな子が、俺に迷惑を掛けるとわかっていても妹のためにお願いをしてきている。

その意味を考えると簡単に断っていいものではないだろう。

何より、エマちゃんに不安を与えたくない。

俺が相手になることでその不安を取り除けるというのなら、答えなんて端《はな》から決まっているじゃないか。

「うん、いいよ。毎日は難しいと思うけど、なるべく予定を空けておくね」

「ありがとうございます！」

どうするか考えて頷《うなず》くと、凄く嬉しそうにシャーロットさんがお礼を言ってきた。

この笑顔を見られただけでも引き受けて正解だったかもしれない。

彼女たちと一緒にいられる時間が増えるのは嬉しいしな。

そして、勉強に関しては睡眠時間を削れば問題ないだろう。

人間、寝る時間が多少減ったところで死にはしないからな。

第三章　「先を考えての選択」

「――もうそろそろご家族の方が帰ってこられるでしょうか？」

少し雑談をした後、シャーロットさんが俺の家族について気にし始めた。

多分、遅い時間になっても誰も帰ってこないことに違和感を覚えたのだろう。

俺からすればシャーロットさんたちがいつまでも俺の部屋にいて、ご家族の方が心配しないかのほうが心配なんだけど……。

いきなりお父さんが怒鳴りこんでくるなどの展開は勘弁してほしい。

何も悪いことをしていないのに怒鳴られるのはたまったもんじゃないからな。

まぁそれはそれとして――。

「誰も帰ってこないよ」

「えっ……？」

俺が短い言葉で事実を伝えると、シャーロットさんが戸惑った表情を浮かべた。

ちょっと素っ気なく言ってしまったかもしれない。

俺は慌てて笑顔を作って言葉を紡《つむ》ぐ。

「いや、俺は一人暮らしだから、誰も帰ってこないって意味だよ」

「一人暮らし……？　まだ高校生なのにですか？」

「そうだよ」

俺は言葉を短く切る。

この話題はあまりしたくない。

だから余計なことは言わず、言葉が続かないように短く切ったのだ。

シャーロットさんはやはり察しがいいのか、何か聞きたそうに口を開けては閉め、開けては閉めを繰り返し、最後には黙り込んでしまった。

俺がこの話題を望んでいないと理解してくれたんだろう。

二人ともが口を閉ざしてしまったせいで、部屋の中がシーンと静まり返る。

そんな中、シャーロットさんがジッと俺の目を見つめてきたので、照れくさくなって若干《じゃっかん》居心地の悪さを感じてしまった。

挙句《あげく》――。

《ぐう……》と、俺のお腹が鳴ってしまう始末。

それにより俺はカァーッと顔が熱くなる。

「あっ、いや、これは……」

「ごめんなさい、私たちが押しかけてしまったせいでお食事まだなのですね……」

「い、いや、いいんだ！　後でコンビニ行こうと思ってたから！」

シャーロットさんがシュンと落ち込んでしまったため、俺は慌てて言い繕《つくろ》う。

ご飯一つでそこまで気にされると逆に罪悪感がこみ上げてくるものだ。

「でも、もう夜も遅いですし……。お外に買いに行くのは危ないですよ？」

「大丈夫だよ、日本は安全な国だからね」

絶対安心できるというわけではないが、日本で不審者に襲われる確率はかなり低い。

海外から来たシャーロットさんにはその辺の知識がないのだろう。

「ですが…………そうです！　私がお食事を作ります！」

俺の言葉に納得がいかないといった感じのシャーロットさんが、急に手をパンッと叩いて嬉しそうに言ってきた。

なんだろ、これは？

今日留学してきたばかりの美少女が手料理を作ってくれる？

どこの世界にそんな都合のいい幸せな展開があるんだ……？

「だめ、ですか……？」

「――っ！」

一人固まっていると、シャーロットさんが上目遣いで俺の顔を覗《のぞ》き込んできた。

不安げに小首を傾《かし》げる姿は小動物のようにも見えてしまう。

もうかわいいやらいい匂《にお》いがするやらで頭が回らない。

そして――。

「お、お願いします……」

「はい！」

頭が回らず流されるように返事をすると、シャーロットさんは凄《すご》く嬉しそうな笑みを浮かべて俺の部屋を出ていってしまった。

◆

誰もが見惚《みと》れるほどの美少女が、俺のために家でご飯を作ってくれている。

きっと何も知らない人にそんなことを言えば、きっと夢か妄想だと馬鹿にされるだろう。

彰《あきら》に言ったら大笑いされること間違いなしだ。

いや、逆に頭は大丈夫かと心配されるかもしれない。

俺がそんな妄想じみた幻想は言わないことをあいつはよく知っているからな。

だがしかし――そんな妄想じみた幻想が、今現在起こっているのだ。

誰もが見惚れるほどの美少女と言っても過言じゃないシャーロットさんが、家から必要なものを持ってきて俺の家で料理をしてくれている。

それどころか、かわいらしいエプロンを身に着けて楽しそうに鼻歌まで歌っていた。

なんだかもう幸せすぎて本当に怖い。

あまりにも幸運なことが続きすぎて、この後その帳尻合わせになるような不幸な出来事が待っている気しかしなかった。

「青柳《あおやぎ》君、苦手なものとかはありますか?」

「――っ! う、ううん、基本なんでも食べられるよ」

「何をそんなに慌てられているのですか?」

「い、いや、なんでもないよ」

「そうですか……」

笑って誤魔化《ごまか》すと、シャーロットさんは不思議そうに首を傾げて料理に戻った。

彼女が料理に集中したのを確認してホッと息をつく。

かわいいと思って眺めていただなんて言えるはずがない。

俺はそんな恥知らずではないからな。

あまり見ているとまた目が合うかもしれないから、もうシャーロットさんを見ないようにする。

手持《ても》ち無沙汰《ぶさた》になった俺は、今度は自分の布団に寝かせているエマちゃんを見た。

エマちゃんはスゥスゥと寝息を立てていて寝顔がとてもかわいい。

時折フニャッとだらしない笑みを浮かべ、幸せそうに寝言を呟《つぶや》いている。

今はいったいどんな夢を見ているのだろうか？

俺はエマちゃんの口元から垂れるよだれをティッシュで優しく拭きながら、ジッとかわいらしい寝顔を見つめる。

この子は人懐っこくて甘えん坊だし、笑顔が凄くかわいい子だ。

こんなにかわいい妹がいるなんて、正直シャーロットさんが羨《うらや》ましかった。

「――いたずらしたら、だめですよ？」

「――っ！」

エマちゃんの寝顔を眺めていると、いきなり耳元で声がした。

振り向けば、微笑《ほほえ》んで俺の顔を見つめているシャーロットさんがそこにいた。

「び、びっくりした……」

「ふふ、驚かせてしまってごめんなさい。ちょっといたずらしたくなっちゃいました」

お茶目な一面を見せてニコッと笑うシャーロットさん。

いちいち笑顔がかわいくてずるい。

こんな笑顔を見せられたら怒ることなんてできるはずがなかった。

「シャーロットさんって意外といたずら好きだよね？」

「そうでしょうか？　もしかしたら、青柳君だからいたずらをしたくなるのかもしれませんね」

「えっ？」

「いえ、なんでもございません。お料理が完成致しましたので、どうぞお召し上がりください」

シャーロットさんは首を横に振ると、俺に食べるよう促してきた。

どうやら俺がエマちゃんの寝顔に気を取られている間に、シャーロットさんは料理をテーブルに並べてくれたようだ。

せめて運ぶのは自分がやろうと思っていたのに、何をしているんだ俺は……。

幼い子の寝顔に気を取られて周りが見えなくなるとか普通に情けない。

今日はシャーロットさん一人を働かせ続けているし、もっとしっかりとした男になりたいと思った。

──それはそうと、さっきのシャーロットさんの言葉はどういう意味だ？

どうして俺だからいたずらしたくなるんだろう？

シャーロットさんの言葉の意味がわからず、俺は少しの間首を傾げるのだった。

◆

「――おいしい……！」

シャーロットさんが作ってくれた料理を口にした瞬間、思わず料理に対しての感想が漏《も》れてしまった。

それほどにシャーロットさんの料理はおいしい。

彼女が作ってくれたのは野菜炒《いた》めと卵焼き、そしてキノコのあんかけ豆腐だ。

野菜炒めはきちんと野菜にまで味が染みこんでおり、濃すぎない絶妙なバランスで味付けがされている。

卵焼きに関しては味付けに砂糖が使われているんだろう。

甘い卵焼きは食べるのが初めてだったが、ほどよい甘さが食欲を駆り立てる。

キノコのあんかけ豆腐はあんがよく絡んでいて、キノコと豆腐にしっかりと味が付いている。

あまりのおいしさに、箸《はし》がどんどんと進んでしまうほどだ。

料理まで上手《じょうず》だなんて、シャーロットさんは本当に魅力的だな。

「お口に合ったようで嬉しいです」

俺の感想を聞いたシャーロットさんが嬉しそうに微笑む。

そして、料理を口に運ぶ俺をニコニコ笑顔で見つめていた。

そんなに見つめられると照れくさくて仕方がない。

おいしい料理なのに緊張で喉《のど》を通らなくなりそうだった。

「シャーロットさんは日本料理をよく作るの？」

とりあえず黙って見つめられるのに耐えられなかったため、少し気になったことを聞いてみる。

正直海外に住んでいたシャーロットさんが、日本食をここまで上手に作れるとは思っていなかったのだ。

「私は日本が大好きなので、時々日本料理も作っているのです。折角《せっかく》ですから本当は今日肉じゃがを作ってみたかったのですが、残念ながら材料が足りなかったのですよね……」

余程肉じゃがが作りたかったのか、材料がないと話すシャーロットさんは本当に落ち込んでいるようだった。

「どうして肉じゃが？」

「日本の男性の方が一番好む料理だからです！　青柳君もきっとお好きでしょうから、作りたかったのですが……」

肉じゃがが一番好まれている？

初めて聞いたんだが……。

俺も肉じゃがを食べたりはするが、好きというほどではない。

シャーロットさんの偏見はいったい何処《どこ》からきているのだろうか？

それに肉じゃがの話題になった時、一瞬シャーロットさんの目が輝いた気がした。

全然目が輝くような内容ではなかったと思う。

少し理解できたと思ったが、どうやら俺はまだまだ彼女のことを理解できていないようだ。

この後は、相変わらずニコニコ笑顔で見つめてくるシャーロットさんの視線にやられながら、俺はおいしく彼女の手料理を頂くのだった。

「――今日は本当にありがとうございました」

料理の後片付けをした後、玄関に移動したシャーロットさんがお礼を言ってきた。

洗い物くらいは俺がすると言ったのだが、片付けをするまでが料理と言って、シャーロットさんは後片付けまでしてくれたのだ。

本当に見た目通りの優しくていい子だと思う。

そんなシャーロットさんは、凄く大切そうにエマちゃんを抱っこしている。

こんなふうに仲がいい姉妹を見ていると、思わず微笑んでしまう。

本当に心が和《なご》む。

「こちらこそありがとう。凄くおいしい料理を作ってもらえて嬉しかったよ」

俺は心の底からお礼を言う。

大金持ちはどうか知らないが、普通の人はお金を払っても、美少女留学生が自宅で手料理を作ってくれることなんてない。

しかもその料理がお店で出るくらいにおいしかったんだ。

この幸せは、人生最大の幸運といっても過言じゃないだろう。

「喜んで頂けてよかったです。本当に、青柳君には感謝をしてもしきれませんので」

「大げさすぎるよ。そんなに大したことはしてないって」

「大事にならなかったからそう言って頂けるのです。もしこの子がいなくなっていたら、私は立ち直れませんでした」

寝ているエマちゃんの頭を優しく撫《な》でながら、呟くように小さな声でシャーロットさんはそう言った。

ずっと湛《たた》えていた優しい笑顔が消えていることから、冗談じゃなくて真剣に言っていることがわかる。

俺も笑って流すのはやめ、真面目《まじめ》に話をすることにした。

「そうだね。今の時代外国人を見かけるのは珍しくないとはいっても、どうしても目を引く存在にはなってしまう。ただでさえ子供が誘拐《ゆうかい》されたり行方《ゆくえ》不明になる事件も珍しくないのに、エマちゃんのような外国人でかわいい子が一人でいたら攫《さら》われても不思議じゃないと思うよ」

今の俺の意見はきっとシャーロットさんを不安にさせてしまうだろう。

だけど俺はわざと言葉にした。

ここは誤魔化《ごまか》していい部分ではないと判断したからだ。

それに今回はエマちゃんのことを例に出したが、危ないのはエマちゃんだけではない。

シャーロットさんだって不審者に狙われる可能性は高いはずだ。

それだけ、日本では彼女たちが目を引く存在となってしまっている。

どこまで自覚しているのかはわからないが、自分から話題にしてきたところからも、多少なり自覚しているのだろう。

だったら、誤魔化すほうが間違いだ。

きちんと事実を告げ、その上で対策案を提示して安心させる。

それが今俺にできる最善だ。

「だけど、目を引く存在――それは、言うなれば目立つってことだよね？」

「ええ、そうですね……？」

急に話の焦点をずらした俺を、不思議そうにシャーロットさんが見つめてくる。

さすがにこれだけでは伝わらないみたいだ。

「目を引くから狙われやすいのかもしれないけど、目立つのなら当然他の人だって見てくれている。だから、昼間や人通りがあるところならそう簡単に危険にさらされる心配はないよ。少し前にも言ったけど、日本は比較的安全な国なんだからさ。夜道にさえ気を付ければ大丈夫だよ。エマちゃんだって、もしまた一人で迷子になっても親切な人が交番に連れていってくれるさ」

実際、人目があるところで悪いことをしようとする人間はいないに等しい。

いたとしても頭が悪く足が付きやすいような人間だ。

甘く見るのはよくないが、そこまで警戒をする必要はないだろう。

夜道に気を付けないといけないのは、俺たち日本人にも言えることだしな。

「ふふ、青柳君はやっぱりお優しいです」

俺の言葉を聞いて、シャーロットさんが口元に手を当てて微笑んだ。

上品に笑っていてかわいいのだが、なんだか気恥ずかしくなってくる。

「別に、優しくはないけど……」

「いいえ、お優しいですよ。私が不安に感じているとわかると、その不安を取り除くために真剣に考えてくださったのですから」

「それは、誰だってそうだと思うけど……」

「いくら私でも、皆が皆善人ではないことはわかっています。上辺だけの御方と、本当に心から向き合ってくださる御方――青柳君は、後者です。ですからお優しい御方なのですよ」

初めてかもしれない。

彰や美優《みゆ》先生、そしてあの人以外から認めてもらえたのは。

理解されないことを自分からしているのだから、それでもいいと思っていた。

だけど、やっぱり他人から認めてもらえるのは嬉しいものだ。

それが惹《ひ》かれている人からの言葉なら尚更嬉しいに決まっている。

「あまり褒《ほ》められても、あげられるものなんてないけど……」

「ふふ、いりませんよ。でも……もし何かくださると言われるのでしたら、ものではなく、私とも仲良くしてくださると嬉しいです」

シャーロットさんは言葉遊びともとれるような言い回しで、とても嬉しいことを言ってきてくれた。

これが社交辞令かどうかはわからないが、俺にとっては願ってもない提案だ。

「俺でよければ……喜んで」

「はい、よろしくお願い致します！」

俺が頷《うなず》くと、満面の笑みをシャーロットさんが返してくれた。

やばい、かわいすぎる。

やっぱりこの笑顔は直視できない。

あまりのかわいさに、俺は思わず顔を背けてしまった。

横目でシャーロットさんがキョトンとしているのがわかるが、少しだけ待ってほしい。

多分、今の俺の顔は真っ赤だろうから……。

「――それでは、これで失礼致しますね」

話が終わり、シャーロットさんが自分の部屋へと帰ろうとする。

もう夜遅くなってしまっているが、隣の部屋なため不審者に襲われる心配はないだろう。

一応、彼女が部屋に戻るまでは見届けるが。

「青柳君、明日からもよろしくお願い致します」

「あっ、うん――って、ちょっと待って」

「はい、なんでしょうか？」

ふと頭に過《よぎ》ったことがあり、咄嗟《とっさ》にシャーロットさんを呼び止めてしまった。

シャーロットさんは嫌な顔一つせず、笑顔で俺の言葉を待ってくれている。

「明日から、少しの間は学校で俺に話し掛けないでほしい」

「えっ……？」

唐突《とうとつ》な願い事。

シャーロットさんが戸惑うのも無理はない。

俺だって本当はこんなことを望んではいない。

しかし、先を考えるならこれは大切なことなんだ。

「どうして、でしょうか……？」

「急に俺とシャーロットさんが親しげに話していれば、クラスメイトたちは違和感を覚えてしまう。そうなると、根掘り葉掘り話を聞いてこようとする奴もいると思うんだ。それを避けたいんだよ」

「何か不都合がありますでしょうか？　正直にお話ししてもいいと思うのですが……」

「いや、同級生の俺たちが隣同士に住んでいる事実を知れば、よからぬ噂《うわさ》を立てる奴だって出てくる。要は面倒事を避けたいんだよ」

「そう、ですか……。青柳君がそうおっしゃられるのでしたら、そうなのですね。わかりました……少し寂しくはありますが、そうさせて頂きます。それでは、おやすみなさい」

「うん、おやすみ」

戸惑いながらも、シャーロットさんは俺の言葉に同意してくれた。

学校で話せないのは寂しいとか、俺が言ってる言葉だから信じると言われた時は凄《すご》く嬉しかった。

だからこそ、俺の選択は間違っていないとも思える。

張本人《ちょうほんにん》が相手だから誤魔化したが、俺が彼女と学校で距離を置く理由は他にあった。

いや、正確には後半部分が違うのだ。

俺とシャーロットさんが隣同士に住んでいることを知られたくない。

それは変わらない。

だけど知られて困る理由は、シャーロットさんの人気がありすぎるからだ。

俺たちが隣同士だと知れば絶対に俺の家に遊びにこようとしたり、入り浸ろうとする奴らが出てくる。

なんせ偶然を装って、シャーロットさんとお近づきになれる大チャンスなのだからな。

百歩譲《ゆず》って俺の家に入り浸るまではいい。

でもそれは、結局シャーロットさんを困らせることになる。

普通に考えて、同級生たちに毎日ストーカーされるようなものだ。

きっといい気分ではないだろう。

俺はそれを避けるために、学校では彼女と距離を取ることにした。

こんな話をシャーロットさんに説明しても、優しい彼女は問題ないと受け入れてしまうだろう。

だから、周りに変な噂を立てられるのを俺が嫌なんだという体《てい》を取った。

シャーロットさんには変に思われただろうが、彼女に辛《つら》い思いをさせるよりは断然いい。

願わくば、嫌われていないことだけを祈ろう。

――彼女が部屋に入ったのを確認すると、俺も自分の部屋へと戻るのだった。

◆

――エマをお布団に寝かせた私は、今日一日の出来事を思い出していました。

留学初日だったので正直不安がありましたが、クラスメイトの皆さんはとても親切でお優しかったです。

男子の方の視線は少し怖かったですけど、元々いたイギリスの学校でもそれは変わらなかったので気にしないほうがいいのだと思います。

皆さんが私を受け入れてくださったので、これから楽しい学校生活が送れそうです。

しかし――浮かれた気分で家に帰ると、家で私の帰りを待っていたはずの妹の姿がありませんでした。

いえ、そもそも学校に行く時には掛けていたはずの家の鍵《かぎ》が開いている時点でおかしかったのです。

現状を把握《はあく》すると全身から血の気が引きましたが、すぐに私は必死に妹を探しました。

そんな妹――エマを保護してくれたのは、隣の部屋に住んでいる青柳君でした。

妹がスヤスヤと寝ている姿を目にした時は本当に心からホッとしたものです。

ふと、留学手続きをした時の花澤《はなざわ》先生とのやりとりを思い出してしまいます。

◆

「――何処《どこ》かで見たことがある住所だと思ったら、この住所は青柳の隣の部屋か」

書類で私の住所を確認した花澤先生が、そう呟《つぶや》かれました。

私は耳がいいみたいで、他の方の独り言を聞き取ってしまいます。

「あぁ、聞こえてしまったか。私の担当するクラスにいる男子の名前だ。……そして、学校一の問題児の名前でもある」

「青柳さんですか？」

「も、問題児ですか……」

なんてことでしょう。

どうやら私は、とんでもない御方のお隣に引っ越してしまったようです。

「もう、花澤先生！　留学生をからかったらだめですよ！　大丈夫だよ、ベネットさん。青柳君はこの学校で一番優秀な生徒だからね？」

思わぬ事実に私が戦慄していると、花澤先生の隣の席に座る若い女の先生が慌ててフォローしてくださりました。

先程職員室を訪れた時に私を花澤先生の元まで案内してくれた御方で、笹川《ささがわ》先生とおっしゃるそうです。

おっとりとしていてとてもお優しそうで、私と同い年に見えるほどに若々しいです。

それなのに、胸はとても大きく――同じ女性として羨《うらや》ましく思います。

顔もかわいらしいですし、男の方から人気が凄くありそうですね。

それにしても、初対面なのにからかってくるなんて花澤先生はいじわるな御方です。

思わず頬《ほお》を膨《ふく》らませて抗議をしたくなっちゃいます。

「ある意味、一番の問題児なんだがな……」

ジッと花澤先生の顔を見つめていますと、先生は一瞬つまらなそうな表情を浮かべました。

おそらくその際に呟かれた言葉は私にしか聞こえていないのでしょう。

お尋ねしてもいいのか悩んでしまう部分ですね。

きっと、何か事情があるのでしょうから。

「青柳君とは、どのような御方なのでしょうか？」

結局、少しだけ言葉を濁《にご》してお尋ねしてしまいました。

青柳君が花澤先生のクラスの御方でしたら、私のクラスメイトということにもなります。

やはり同じクラスの御方とお聞きすると気になってしまうものでしょう。

何より、お隣に住まわれているということはこれから関わる機会もあると思います。

エマもいることですし、知っておいたほうがいいと思いました。

「あぁ、秀才ってやつだ。とりあえずこの学校にいる生徒の中では一番勉強ができる」

「秀才……天才ではなく、ですか？」

「ほぉ、いい着眼点だな。そうだ、奴は天才ではなく、秀才だ」

面白いものを見るような目で花澤先生が私を見てきました。

それほど面白い言葉を言ったつもりはないのですが……。

秀才ということは努力をされる御方なのでしょう。

素直に好感が持てます。

「なぁベネット、いい機会だ。何か困ったことがあったら青柳を頼れ」

「えっ、しかし――」

「心配するな。あいつは少し他と変わっているが、困っている奴を見かければ絶対に見捨てたりはしない」

不思議なものです。

《問題児》と称されたはずなのに、花澤先生はとても青柳君のことを信頼されているように見えます。

ますます青柳君がどんな御方なのか気になってしまいますね。

「わかりました。もしそのようなことが起きた場合は、青柳君を頼らせて頂きます」

「そうするといい。――あぁ、それともう一つ。青柳の言葉はそのまま信じるな」

また、花澤先生は不思議なことを言ってこられました。

その言い方ではまるで、青柳君が嘘つきみたいではありませんか。

私が首を傾《かし》げると花澤先生は苦笑いを浮かべて口を開かれます。

「別にあいつの言葉を全て信じるなというわけではない。あいつが周りから批判されるようなことを言った時、その言葉を信じるな。あいつは他の奴らと見ているものが違う。目先の利益に惑わされず、先を考えて行動しているんだ。あいつが批判を買うような言葉を言った時、それには絶対に意味がある。まぁ、裏を読めってやつだ」

真剣な表情をされていることから、嘘を言われていないというのがわかります。

私は花澤先生の言葉を頭の中で整理し、自分なりに解釈してみました。

「つまり青柳君は、クラスのために悪役を買って出ているということですか？」

「やはり察しがいいな、ベネット。まぁクラス限定ではないが、そういうことだ」

私が導きだした結論を聞いて、花澤先生はニヤッとされました。

なんだか悪役が似合いそうな御方です。

「どうしてそのような損な役割をされるのでしょうか？」

「さぁな。察しはつくが、本人が語らない以上真意はわからん」

どうやら、その答えは教えてもらえないようです。

青柳君に確認がとれていませんから、憶測で言葉にしたくないのかもしれませんね。

「では、どうして私にこのようなお話をされたのでしょうか？」

このまま話を続けていても教えてもらえないと思い、話の方向性を変えることにしました。

それにこの答えにも興味があります。

いくら隣同士とはいえ、まだ会ったこともない御方の話をここまでされるとは思いません。

考えすぎかもしれませんが、何か意味があって言われたような気がします。

「なんだろうな……勘、というやつか？　お前なら青柳を理解できる気がしたし、なんだか仲良くなれそうな気がしたんだ」

「――あっ、野生の勘というやつですね！」

私たちの話を黙って聞かれていた笹川先生が、《閃《ひらめ》いた！》みたいな顔をされて話に入ってこられました。

その言葉を聞いて、みるみるうちに花澤先生の機嫌が悪くなります。

「お、ん、な、の、勘だが……？」

花澤先生は笹川先生の頭を摑《つか》んだと思うと、そのまま片手で持ち上げてしまいました。

心なしか、ミシミシという音まで聞こえてきます。

どうしましょう。

どうやら私は、漫画の世界に迷い混んでしまったようです。

「い、いったたたたた！　み、み、美優ちゃん！　放して！　頭が潰れちゃう！」

「学校では美優ちゃんと呼ぶなと言ってるだろ……？」

「いたたたた！」

笹川先生は花澤先生の手から逃げようともがいていますが、よほど強い力で握られているのか逃げられないようです。

ポロポロと涙を流し、パタパタと足を凄く動かしていますね。

花澤先生はそんな笹川先生の様子は気にされていないのか、私のほうへと視線を戻されました。

「おい、ベネット」

「は、はい！」

「気を付けろよ、こいつこう見えて女の子が大好きだからな」

相変わらず笹川先生を宙に浮かばせたまま、花澤先生が忠告をしてくださいました。

笹川先生は静かになってしまってピクピクとされているのですが、放っておいて大丈夫なのでしょうか……？

「生徒たちの間でもかなり有名でな、一見お姉さんキャラに見えなくもないが、気に入った相手を見つけると目の色が変わる。お前かわいいし気を付けろよ？」

「なるほど、そうなのですね。ですが、私がかわいいかどうかはともかく、同性を好きになられることはとても素敵だと思いますよ」

イギリスでは同性婚がありますし、何も不思議ではありません。

この御方にも早く素敵な女性が現れることを祈ります。

ただ、生徒には手を出さないで頂きたいと思いますが。

「お前、やっぱり大物だな……」

「いえ、そんなことはありません。私には大した取り柄もありませんので」

「ふ～ん……まぁ、いいや。もう用事は終わったから帰っていいぞ」

「はい、お時間を取って頂きありがとうございました。それで、その……」

「どうした？」

「そろそろお放ししてあげたほうがよろしいかと……」

宙に浮く笹川先生の顔色は悪くなっています。

今からでも病院に行かれたほうがよろしいのではないでしょうか……？

「大丈夫だ。こいつは幼馴染《おさななじ》みでな、もう慣れっこなんだよ」

なるほど……全く根拠になっていないのですが、これはあれですね。

ツッコんだら負けというやつです。

花澤先生は椅子《いす》の上に笹川先生を降ろすと、再度私に視線を戻して口を開かれます。

「慣れない日本での生活は大変だと思うが、何かあったら遠慮《えんりょ》せずに相談しろ。学校のことでも、プライベートのことでも構わない。お前が残りの高校生活を有意義に過ごせるように全力でサポートをするからな」

「ありがとうございます。先生にそう言って頂けて、とても心強いです。それでは、失礼致しま――」

「そうだ、折角《せっかく》日本に来たんだから恋人でも作ってみろ。お前なら選び放題だろ？」

「――っ!?」

花澤先生から思わぬことを言われ、一瞬にして私の顔は熱くなってしまいます。

恋人……彼氏さんは、ほしいですが……。

「なんだ、そのウブな反応は？　お前もしかして、今まで彼氏がいたことないのか？」

「は、はい……」

「ほぉ、海外ってもっと進んでると思ったんだが、そうでもないんだな。それにそのウブな反応……男子が好きそうだ」

「〜〜〜〜っ！」

ニヤニヤとされる花澤先生に見つめられ、私は恥ずかしさから顔を手で覆《おお》ってしまいます。

違うんです、わざとじゃないんです……！

ただ、経験がないのでどうしても恥ずかしくて顔が熱くなるんです……！

「美優ちゃんって、本当お気に入りの子をいじめるのが好きよね。小学生みたい」

「あ？　なんか言ったか？」

いつの間にか復活された笹川先生は子供のように唇を尖らせており、不服そうに花澤先生へとツッコミを入れられました。

それにより、花澤先生が凄《すご》く不機嫌そうに笹川先生に視線を向けられます。

「べっつに〜。ただ、自分のことを棚《たな》に上げて生徒をいじめる酷《ひど》い先生が目の前にいるな〜って思ってるだけだよ〜？　自分だって、彼氏がいたことなんて一度もないくせにね〜？」

「ほぉ……お前、もう一度痛い目を見ないと気が済まないようだな？」

「きゃあ！　暴力反対！　ベネットさん助けて！」

「あ、あの……ここは職員室ですから、もう少しお静かにされたほうがよろしいかと……」

さすがにここまで大騒ぎをしてしまったら、他の先生方にご迷惑です。

皆さんも嫌そうな視線をこちらに――向けておられませんね。

むしろ巻き込まれないように全力で視線を逸《そ》らしている感じです。

この職員室内の力関係が垣間見《かいまみ》えた気がしました。

「たくっ、生徒に注意される先生がどこにいるんだよ。もっと自覚を持てよな？」

「美優ちゃんが人のことを言う!?　というか、半分以上美優ちゃんのせいだからね！」

「いや、変な茶々を入れてきたお前が悪い」

――それからは、花澤先生による制裁が笹川先生に加えられ、笹川先生はグッタリと伸びてしまうのでした。

「それでは、本当に失礼致しますね」

「あぁ、情けないところを見せて悪かったな。まぁこんな面白い奴も学校にはいると思って楽しく過ごしてくれれば幸いだ」

それは、花澤先生のことなのでしょうか？

それとも笹川先生のことなのでしょうか？

あえてお尋ねしてみたい気がしますが、ここで怒られてしまうのは嫌なので私はおとなしく帰ることにしました。

「――あいつなら、本当に青柳をどうにかしてくれるかもしれないな……」

職員室を出ようとした際に聞こえてきた小さな声。

私は思わず振り返りそうになりますが、花澤先生は私に聞こえているとは思っていないので、グッと堪えました。

独り言を聞かれて嬉しい人はあまりいませんからね。

何やらいろいろと事情がありそうですが、花澤先生が私にお話ししてくださるのを待ったほうがいいと思いました。

それにしても……花澤先生がここまで気にかけられる青柳さんにはとても興味をかきたてられます。

早くお会いしたいものですね。

――なんだか素敵な出会いが待っているような気がし、私はこの学校に通える日が待ち遠しくなるのでした。

◆

そして本日――やっと、青柳君にお会いできました。

お話で聞いていたよりも随分《ずいぶん》と素敵な御方でしたね。

私のために悪役を買って出てくださったり、迷子になっていたエマを道端で保護してくださったことはお話で聞いていた通りです。

そして、エマの相手をする時の青柳君の優しくて温かい瞳。

凄く素敵で、青柳君はとてもお優しい御方だということがわかります。

私とお母さん以外には触れさせもしないあのエマがあそこまで懐くほどですし、本当に素敵な御方なのでしょう。

これからも、仲良くして頂きたいものですね。

信頼できる御方が傍にいてくださるのは、とても心強いですから。

正直日本には憧れていましたが、いざ来てみますとわからないことも多く、不安がたくさんあります。

ですから、青柳君さえよければこれからも頼りにさせて頂きたいところですね……。

それにしても――彼から別れ際に言われた言葉の真意は、いったいなんなのでしょうか？

言葉通りの意味ではないことはわかりますが、本当の意味までは読み取れていません。

いつか、きちんと理解できるようになりたいですね……。

私は幸せそうな笑みを浮かべて眠る妹の頭を優しく撫《な》でながら、少しだけ彼からの言葉の意味を考えてみるのでした――。

第四章「美少女留学生が好きな物」

「──でだな」

次の日のショートホームルーム、美優《みゆ》先生がプリントを見ながら今日の連絡事項を話していた。

ずぼらに見える先生ではあるけれど、やることはちゃんとやってくれる。

意外と真面目《まじめ》な部分もある人なのだ。

まぁ、めんどくさそうではあるのだけど。

「…………」

──ん？

めんどくさそうに連絡事項を言っている美優先生を見ていると、なんだか誰かに見られている気がした。

視線を感じた方向を振り向いてみると、なぜかシャーロットさんが俺を見ている。

「あっ──」

目が合うと、シャーロットさんは嬉しそうに笑みを浮かべて他のクラスメイトには見えないよう小さく手を振ってきた。

俺は思わず手を振り返しそうになるが、慌てて振り返すのをやめる。

学校では関わらないようにすると決めたんだ。

誰に見られているかもわからないし、迂闊《うかつ》な行動をとるわけにはいかない。

まぁどちらかというか、見られるリスクはシャーロットさんのほうが絶対に高いんだけどな。

あの子はその辺を意識してなさそうだ。

一応周りに気を遣って見られないように振ってくれてはいたが、注目度が高いからその行動自体やめてもらいたい。

……手を振ってもらったのは凄《すご》く嬉しかったけど。

シャーロットさんの笑顔凄くかわいいし。

「さて、次の授業がもうすぐ始まるわけだが――青柳《あおやぎ》、ちょっとこい」

「えっ？」

シャーロットさんの笑顔に見惚《みと》れていると、なぜか急に呼びだしを喰らってしまった。

どうしたのだろうか？

「いいから早くこい。他の者は教科担当の先生がくるまでおとなしくしとけよ」

美優先生はそれだけ言い残すと、教室から出ていった。

よくわからないが、慌てて後を追う。

ここで無視すると後が怖すぎるからな。

教室を出る時、一瞬心配したような表情で俺を見ているシャーロットさんと目が合った。

呼び出されただけで心配してくれるだなんて、シャーロットさんは本当に優しい人だ。

だがまぁ、あの美優先生だ。

きっと雑用を押し付けられるだけだろう。

「いったいどうしたんですか？」

クラスを出てすぐ、俺を待っていた美優先生に声を掛ける。

すると、美優先生はジッと俺の顔を見つめてきた。

「どうやらシャーロットとはうまくやっているようだな」

「えっと……？」

「気付いていないと思ったか？　お前に対してシャーロットが笑顔で手を振るところをちゃんと見ていたぞ」

この人、本当になんなんだ。

プリントに視線を落としていたはずなのに、どうしてシャーロットさんが手を振ったことに気付けるのかがわからない。

「それに対してお前もニヤニヤとまぁだらしない笑顔をしやがって」

「いや、してないですよね？」

さすがにニヤニヤとだらしない笑顔なんてしていない。

むしろ緩《ゆる》みそうになる頬《ほお》を我慢していたくらいだ。

「目がニヤついていた」

「人を変質者みたいな言い方しないでください」

「まぁそれはいいとして」

「聞いてくださいよ！」

サラッと人の話を流す美優先生に、思わずツッコミを入れてしまう。

この人自分が飽きたら話を終わらせるからな。

なかなかに質《たち》が悪い。

「シャーロットのこと、しっかり気にかけてやれよ？」

そしてそのまま無視する始末。

本当に自由人なんだから。

まぁだけど、シャーロットさんの話題が出たのなら正直俺もそちらのほうが興味がある。

だから俺に変な疑いをかけられたのはもう忘れることにした。

「気にかけるって、あの子はしっかりしてますから大丈夫じゃないですか？」

「それとこれとは話が別だろ。外国人なんだから、もしかしたら日本語が伝わらない時があるかもしれないし、あの見た目だ。男ホイホイになるのは容易に想像がつくだろ？　自分の言葉が伝わらずに変な男どもに言い寄られたらそれだけで不安だろうが」

シャーロットさんは日本語をよく知っているから、多分言葉が通じないという不安はないと思う。

だけど絶対とは言い切れないわけだし、だから英語を話せる俺に気に留めておけというわけか。

ちょっと虫を呼び寄せる道具に喩《たと》えたのは気になるが、彼女が男を寄せ付けるというのも事実だしな。

俺が気を付けていてどうにかなるとは思えないけど、一応気を付けてはおこう。

「わかりました、役に立てるかはわかりませんが、気を配っておきます」

「あぁ、任せた。はぁ……お前みたいな奴ばっかだと楽で済むんだけどなぁ」

俺が頷《うなず》くと、なぜか急に嘆《なげ》き始める美優先生。

どうやら日頃から頭を悩ませているようだ。

まぁその筆頭は彰《あきら》なんだと思うのだけれど、あいつは悪気があるわけじゃないからな。

……この場合、悪気がないほうが質《たち》が悪いかもしれないが。

「では、俺はもう教室に戻りますね」

「――あ、そうそう。もう一つ話があったんだった」

する。


「え、なんですか？」

教室に戻ろうとすると、溜息をついていた美優先生が呼び止めてきた。

なんだろうと思って振り返ると、素敵な笑みを浮かべる美優先生が俺の顔を見つめてくる。

この人、黙っていれば本当に美人なのにな……。

俺はそんな失礼なことを考えるが、勘のいい美優先生にバレないようポーカーフェイスに徹する。

「シャーロットの件は頼りにしているが……お前も、いい加減自分のことをちゃんと考えろよ？　いつまでも他人の幸せのために自分を犠牲にするな」

どうやら先生は、俺のやり方について話がしたかったみたいだ。

しかし、それなら取り合う必要はない。

「自分がしたことに対する償いはしないといけません。それが、俺なりのケジメなんです」

「何も関係がなかった人間を幸せにするという行為は、本当に償いになるのか？」

「……少なくとも、彰は一番の被害者です。あいつが幸せになってくれるのであれば、俺は自分がどうなったっていいんですよ」

「あのな、前も言ったがお前は加害者というよりも被害者で――」

「先生。いくらあなたでも、それ以上は踏み込まないでください。過去を知っていたとしても、所詮《しょせん》あなたは部外者だ」

俺はわざと酷《ひど》い言葉を選び、先生を突き放した。

面倒見がいいところは好きだし、俺のためを思って言ってくれてるのはありがたいと思う。

だけど、それでも俺はやはり譲《ゆず》れなかった。

いい人相手に冷たい言葉を言うのは胸が痛むけれど、これで先生が放っておいてくれるのならいい。

そう思ったのだが――。

「相変わらず頑固だな……。言っとくが、お前が何を言おうと私は見捨てるつもりはないからな？」

この人がそう思い通りになってくれる人なら、とっくに関わらなくなっていただろう。

「すみません、口が過ぎました」

「いや、いい。お前が本心で言っていないことはわかっているからな。ただ……お前は、いつも抱えすぎなんだよ」

美優先生はポンポンッと俺の頭を叩き、呆《あき》れたような笑みを浮かべた。

「先生から見るとどうかはわかりませんが、言うほど辛《つら》くはないですよ……？」

「はいはい、そうだな。まぁ今はいいさ、今日見て確信したからな」

「何をですか？」

「お前の考え方はいずれ変わるということをさ。どれだけ時間がかかるは知らないけどな」

美優先生はそれだけ言い残すと、一人先に戻ってしまった。

いったい彼女に何が見えたのか。

気にはなるが、考えても答えは出せないだろう。

だから俺は考えるのをやめ、なんとも言えない思いを抱えながら教室に戻るのだった。

◆

『ロッティー……おにいちゃんとあそびたい……』

ソファに座って私が大好きな本を読んでいますと、エマがクイクイッと私の服を引っ張ってきました。

そしてウルウルとした瞳で私の顔を見上げてきます。

ここ数日青柳君に遊んでもらっていたというのに、今日も遊びたいようですね。

きっと優しいお兄ちゃんができたと思っていて甘えたいのでしょう。

本当なら遊びに連れていってあげたいところなのですが、さすがに毎日となれば青柳君の迷惑になると思い、今日はおやすみなのです。

そのことをエマには伝えたのですが、やはり我慢ができないみたいですね。

『ごめんね、エマ。毎日だと青柳君が困るから、今日はだめなの』

青柳君は毎日は無理だけど——と言って私と約束をしてくださいました。

明確にどのスパンで遊んで頂けるかなどの話はしておりませんが、青柳君はお優しいですから自分からはおっしゃらないでしょう。

もしかしたら、他の用事を押してでも青柳君はエマと遊んでくださるかもしれません。

ですから、こちらできちんと線引きをする必要があるのです。

『むぅ……』

『そんなに頰を膨《ふく》らませてもだめだよ？　青柳君も忙しいんだからね？』

『むぅうううううううう！』

だめと言うと、エマは更に頰を膨らませて私のお腹に顔を押し付けてきました。

おそらく抗議のつもりなのでしょう。

力は弱いので痛くないのですが、あごがグリグリと当たって少しくすぐったいです。

『エマがいい子にしてたら青柳君もまた遊んでくれるから、今日は我慢しよ？　ね？』

私はエマを体から離し、優しく頭を撫《な》でて言い聞かせようとします。

エマはまだ納得がいっていないようでしたが、コクリと頷いてくれました。

青柳君を出したのは少し卑怯《ひきょう》だったかもしれませんが、エマには効果があったようです。

エマがいい子になりましたので、私はよしよしと頭を撫でて褒《ほ》めてあげるのでした。

『——エマ、今から一緒に買いものに行こっか』

お夕飯の時間が近付いてきたので、お絵かきをして遊んでいたエマに声を掛けました。

『んっ……！』

エマは私のほうを見上げ、嬉しそうにコクリと頷きます。

お外に出られるのが嬉しいのでしょう。

エマが保育園に通うのはもう少し先ですし、昼間は私がいないせいで家の中に一人閉じこもっています。

ですから、この前は寂しくて家を抜け出してしまったのでしょうね。

しかし、あれ以降エマが脱走をすることはありませんでした。

理由としてはおそらく、《いい子で待ってたら、青柳君が遊んでくれるよ》と、教えたからでしょう。

エマはそれ以来、家できちんと待っていてくれるようになったのです。

エマがこれほどまでに素直に言うことを聞いてくれるなんて、本当に青柳君に感謝しています。

外出用の服に着替えると、私とエマは仲良く手を繋《つな》いで家を出ました。

目を離すと危ないというのもありますが、単純に手を繋ぎたいから繋ぐのです。

私から手を繋いであげると、エマはとても嬉しそうにしてくれます。

この子は基本甘えん坊で手を繋いだり抱っこをしてもらうことが大好きなのですよ。

ただし――イギリスでは、私とお母さん限定だったのですが……。

他の方が手を繋いだり抱っこをしようとすると、エマは嫌がります。

家族ではない方だから嫌がっているのだと思っていましたが、青柳君には自分から求めていました。

どうやらエマの中では青柳君は特別扱いのようです。

彼はとてもお優しい御方ですから、特別に思うのも当然かもしれませんね。

きっと青柳君はお優しいご家族の方に大切に育てて頂いたのでしょう。

エマも青柳君のようなお優しい人間に育つよう、大切に育てたいと私は思っております。

『さて、今日のご飯は何がいい――って、あれ⁉』

エマの食べたい物を聞こうと視線を向けたところ、そこにエマがいないことに気付きました。

いつの間にか、繋いでいたはずの手も放されています。

手を繋いでいるから大丈夫だと安心したのが迂闊《うかつ》でした……。

まさか、手を繋いでいたのにいなくなるなんて……

慌ててあたりを見回すと、意外にもエマはすぐに見つかりました。

しかし、何やらとんでもないことをしております。

ていたのです。

『えい！　えい！』

エマはどこから持ってきたのか箒《ほうき》を持っており、あろうことか青柳君の部屋のドアを攻撃し

『エマ、何してるの!?』

――ピンッポーン！

私が大きな声を上げたとほぼ同時くらいに、インターホンの音が聞こえてきました。

見れば、エマが振っていた箒が青柳君のインターホンに当たっています。

『なった……！』

そしてとんでもないことをしていたエマはといえば、目的を達成できたことで歓喜の声をあげていました。

幼いのに、なんていうことを思い付くのでしょうか。

まさかこんな実力行使に出るなんて……。

『こら、だめでしょ！』

『わっ、ロッティーはなして！』

後ろから抱き上げますと、エマは両手両足をパタパタと振って暴れ始めました。

どうやら自分が悪いことをしたと自覚しているようです。

『もう、今日はだめって言ったのに……！』

『ロッティーいじわるだもん！　エマ、おにいちゃんとあそびたい……！』

『だから、それは青柳君の迷惑に――――！』

『あの……』

暴れる妹を怒っていますと、目の前にあるドアが開いて青柳君が顔を出されました。

私たちの声が中にまで聞こえていらっしゃったのか、若干《じゃっかん》困ったように笑みを浮かべておられます。

私は自分がしていたことに気が付き、カァーッと顔が熱くなりました。

『あっ、おにいちゃん……！』

青柳君に会えた嬉しさにエマはパーッと表情を明るくし、逆に青柳君は若干困惑したような表情でエマに手を振られました。

『えっと……とりあえず、中に入る……？』

『は、はいぃ……』

頬《ほお》を指で掻《か》きながら誘ってくれた青柳君の言葉に対し、私は消え入るような小さな声で頷《うなず》くのでした。

◆

『えっと、こんばんは、エマちゃん』

思わぬ来客を中に入れた俺は、とりあえずかまってほしそうな表情で見上げてくるエマちゃんへと挨拶《あいさつ》をした。

『こんばんは！』

すると、エマちゃんも元気よく挨拶を返してくれる。

そして何かを期待するような眼差《まなざ》しを向けてきた。

『もしかして？』

『んっ、おにいちゃん、だっこ』

求められていることがなんとなくわかった俺が首を傾《かし》げながら呟《つぶや》くと、エマちゃんは笑顔で頷いて両手を広げた。

部屋に来て即抱っこを要求するとは、本当に抱っこされることが気に入ってしまっているようだ。

とりあえず断ると泣きそうな表情になってしまうため、俺は腰をかがめてエマちゃんを持ち上げた。

『えへへ……』

抱っこをすると、エマちゃんはすぐに頬を擦り付けてきた。

本当に甘えん坊な子だ。

俺はエマちゃんの頭を優しく撫でながら、申し訳なさそうにするシャーロットさんへと視線を向ける。

『えっと、気にしなくていいよ？』

『ですが……』

シャーロットさんは落ち込んだ表情のまま、チラッと視線を俺の机の上へと移す。

そこには開かれた教科書とノートがあり、誰がどう見ても勉強をしていたようにしか見えないものだ。

『あぁ、気にしないで。することがないから勉強をしていただけだから』

本当は違うけれど、わざわざ説明をする必要はない。

なるべくシャーロットさんが気にしないでいいように持っていくことが大切だ。

『本当に我が儘《わがまま》ばかりでなんとお詫《わ》びをしたらよろしいのか……』

『気にしすぎだよ。お隣なんだから、気軽に遊びに来てくれていいと俺は思ってるぐらいだし』

かわいい女の子二人が部屋に遊びに来てくれたら、喜ぶ男はたくさんいても嫌がる男なんて滅多《めった》にいない。

確かにここ数日は毎日遊んでいたけれど、睡眠時間を削《けず》ることで勉強に影響しないようにできそうだった。

だから、シャーロットさんたちには遠慮《えんりょ》せずに遊びに来てほしい。

『ロッティーはね、うっさいの』

なんとなく予想はしていたけれど、俺の部屋に来るまでに揉《も》めていたのか、エマちゃんは拗《す》ねた表情でそう言ってきた。

不満をぶつけたいお年頃なのだろう。

しかし、こんなことを言われれば当然シャーロットさんも黙ってはいない。

『エマ～？　帰ったらお話ししようね～？』

シャーロットさんはニコニコの笑みを浮かべてエマちゃんの顔を覗《のぞ》き込む。

顔は笑顔で、声は耳心地がいいほどに綺麗《きれい》なんだけど……なぜだろう？

今のシャーロットさんからは変なプレッシャーを感じる。

『おにいちゃん……エマ、いじめられちゃう……』

エマちゃんはシャーロットさんから顔を隠すように俺の胸に顔を押し付けると、潤んだ瞳でジッと見てきた。

今にも泣きそうで、弱々しい表情を見せるエマちゃんはまるで小動物のように庇護欲《ひごよく》を掻き立てられる。

『私を悪者にして青柳君に縋《すが》るとは……。青柳君、一応お伝えさせて頂きますが……』

『大丈夫だよ、駄目なことは駄目って教えているだけなんだよね？　ちゃんとわかってるから安心して』

さすがにシャーロットさんがエマちゃんをいじめるとは思っていない。

悪いことをしたりした時に怒るのを、エマちゃんはいじめだと言っているだけだろう。

――いや、というよりも……こう言ったほうが俺に庇《かば》ってもらえると思ってるのかな？

まぁどちらにせよ、さすがにここで勘違いするほどエマちゃんの言葉を妄信していない。

『ありがとうございます……』

俺がシャーロットさんを信じたからか、彼女はホッとしたように胸を撫《な》でおろす。

その際に、シャーロットさんの笑顔に一瞬目を奪われてしまったが、俺は慌てて何事もなかったように平然とした態度でエマちゃんの顔を見た。

『エマちゃん、大丈夫だよ。シャーロットさんはいじめたりしないから』

幼い子が相手なので、俺はなるべく優しい声を意識して話しかける。

すると、俺とシャーロットさんのやりとりを聞いていたからか、エマちゃんは悲しそうな表情で見上げてきた。

『おにいちゃん、エマのみかたじゃない……？』

『うっ……』

涙が溜まったつぶらな瞳で見つめられ、俺は思わず息を呑《の》んでしまう。

なんだか凄《すご》い悪いことをしてしまった気がする。

というかこの子、なんで味方なんて言葉を知ってるんだろ……？

『えっと、大丈夫だよ？　シャーロットさんは怒ったりしないからさ』

『ロッティー、おこる』

俺の言葉に対し、エマちゃんは首を左右に振って否定をした。

まぁ確かに、怒らないわけはないだろう。

だけどシャーロットさんが怒る理由は、エマちゃんを大切に思って育てているからだ。

悪いことは悪いと言える子なんだと思う。

その際にきつい言葉遣いをするとは考えづらいけど……。

『怒るというよりも、注意ですからね？　私、本気で怒ったことないです』

シャーロットさんはちょっとムキになっているのか、小さく頬を膨《ふく》らませていた。

意外と子供の一面も持っているらしい。

『あはは、わかってるよ。それにエマちゃんも、大丈夫だからね。シャーロットさんは優しい人だし、俺もエマちゃんの味方だから』

『まもってくれる……？』

『もちろんだよ』

『やったぁ！　おにいちゃん、だぁいすき！』

俺が笑顔で頷くと、エマちゃんも満面の笑みを浮かべてまた俺の頬に自分の頬を当ててきた。

喜んでもらえて嬉しい限りだ。

『……この子、将来魔性の女になりそうな気がします……』

『えっ、何か言った？』

『いえ、なんでもないです』

なんだかシャーロットさんは複雑そうな表情をしていたのだけど、声をかけるとニコッと笑みを返してくれた。

もうエマちゃんに対して何かを言うつもりもないみたいだし、一応一件落着ということでいいのかな？

『ねぇねぇ、おにいちゃん』

『ん？　どうしたの？』

『エマね、おにいちゃんとごはんたべたい』

『またこの子は……』

エマちゃんが上目遣いにおねだりをしてくると、シャーロットさんが困った表情をしながらエマちゃんに手を伸ばした。

『エマ、やっぱり帰ろ？　もう青柳君に迷惑をかけないで』

『やぁ！　ロッティーはなして！』

体を掴《つか》まれ、イヤイヤと暴れるエマちゃん。

幼い子相手にこんなことを言っても、納得する子のほうが少ないだろう。

しかし、シャーロットさんは気遣いができる子だからどうしても俺に気を遣ってしまうんだ。

これはもう、彼女たちの性格や年齢による考え方の違いだからどうしても揉めるのは仕方がない。

むしろ、普通の一般家庭ならこんな光景が当たり前に行われているんじゃないだろうか？

ただ俺が、一般家庭を知らないだけで。

『シャーロットさん、大丈夫だよ。むしろ誘ってもらえて嬉しいからね』

とりあえず、俺は角が立たないように言葉を選びながらシャーロットさんに笑顔を向ける。

すると彼女はまた申し訳なさそうな表情を浮かべてしまった。

『本当に我が儘ばかりごめんなさい……』

『ううん、気にしなくていいよ。ほら、子供は我が儘を言うのが仕事なところがあるしさ』

『青柳君はとてもお優しいですよね』

『そ、そっかな？　普通だと思うけど』

『んっ、おにいちゃんはやさしい。ロッティーとおおちがい』

シャーロットさんに褒《ほ》められて照れくさく感じると、腕の中にいるエマちゃんがドヤ顔でうんうんと頷き始めた。

サラッとシャーロットさんに喧嘩《けんか》を売る言葉を混ぜていたけど、君この前シャーロットさんのことを優しいって言ってたんだけどね？

それにどこでこんな煽《あお》り方を覚えてくるんだろう……？

『ふふ、エマったら、青柳君がいるととても頼もしくなるのね』

……そして、こっちも限界そうだな。

相変わらず素敵な笑顔なのに、シャーロットさんから感じるプレッシャーは先程よりも増していた。

我慢しようとしているのはわかるけど、笑顔なのが逆に怖い。

エマちゃんもやりすぎたと気付いたのか、俺の胸に顔を埋めてしまった。

『シャーロットさん、それでご飯はどうしようとしていたの？』

俺はエマちゃんの頭を優しく撫でてあやしながら、気を紛《まぎ》らわせるためにジッとエマちゃんを見つめるシャーロットさんに声を掛けた。

シャーロットさんは俺の顔を見上げ、困ったように笑みを浮かべる。

『いつも私がご飯を作っていまして、今日もこれから食材を買いに行ってお料理をしようとしていたところです。エマも青柳君と一緒に食べたいようですし、私の手料理をまた食べて頂けますか？』

『もちろん、俺としては嬉しい限りだよ』

この前食べたシャーロットさんの手料理は凄くおいしかったし、作ってもらえるのが素直に嬉しいというのがある。

　シャーロットさんの手料理を食べられるのはとても幸運なことだ。

『それでは、食材を買いに行ってきますのでお待ち頂けますか？』

『いや、荷物持ちくらいはするよ。作ってもらうんだからね。それに、食材費もこっちが持つよ』

『いえ、そんなわけにはいきません。こちらが一緒に食べて頂きたいとお願いをしているのですから』

『でも、作ってもらうわけだし……』

『いつもエマの遊び相手をしてくださっているお礼とお考えください。それに、私も青柳君に手料理を食べて頂けるのは嬉しいですから』

　どうやら、シャーロットさんは一切退く気がないらしい。

　こういうところも凄く真面目《まじめ》だと思う。

　料理を作るんだから材料費くらい相手に負担させればいいのに……まぁ、これ以上言うのは野暮《やぼ》か。

　せめて、荷物持ちくらいはやろう。

『わかった、それじゃあお言葉に甘えるよ。ただ、荷物持ちはさせてくれるかな？』

『それは……そうですね、お願いさせて頂きます』

シャーロットさんは少しだけ考えた後、笑顔で頷いてくれた。

これ以上断るのは逆に失礼だと思ったのかもしれない。

『ありがとう。お店は近くのスーパー？』

『はい、そうです。歩いてすぐの距離にあるので便利ですよね』

便利と同時に、あのスーパーならこの辺に住んでいる人しか行かないから、同じ学校の生徒と鉢合《はちあ》わせするリスクは結構低い。

一応気を付けたほうがいいけれど、変装をするほどではないだろう。

誰かに会ったら、たまたま会っただけだと説明すればいいしな。

『おかし、かう？』

スーパーについて話をすると、顔を俺の胸に押し付けていたエマちゃんが顔を上げてシャーロットさんに尋ねた。

すると、シャーロットさんはとても素敵な笑みを浮かべて口を開く。

『ん～、どうしようかな～？　今日のエマ、悪い子だったしね～？』

『――っ!?』

シャーロットさんは小首を傾《かし》げ、少しだけ意地悪な笑みを浮かべてエマちゃんを見た。

どうやら少しばかりのおしおきをしているようだ。

小悪魔のようにも見えるその笑みは、なぜか俺には凄く魅力的に見えてしまった。

『おにいちゃん……！　ロッティーいじわるしてる……！　たすけて……！』

しかしエマちゃんは、ペチペチと俺の胸元を叩き、シャーロットさんの言葉に対して抗議をしてきた。

シャーロットさんが自分をからかっているとわかっているのか、それともお菓子が食べたいから危機感を抱いて俺に助けを求めてきたのか――おそらく、後者だろう。

『う～ん、そうだね……エマちゃんが、ごめんなさいをすると買ってもらえるんじゃないかな？』

シャーロットさんは優しい女の子だ。

今はおしおきとして少しだけエマちゃんに意地悪をしているけれど、きっとエマちゃんが本当に欲しがればすぐにでも買うはずだ。

だから、今のうちに謝っておくのが一番無難だと思う。

しかし――。

『なんで、エマがごめんなさい……？』

自分はいっさい悪くないと思っているエマちゃんは、納得がいかないように首を傾げながら見つめてきた。

頰《ほお》も小さく膨らませているし、拗《す》ねてしまっているようだ。

『シャーロットさんは傷ついちゃったんだよ。だから、エマちゃんがごめんなさいをして癒《いや》してあげてほしいんだ』

これで通じるかな？

そう不安を抱いた俺だけど、エマちゃんは俺の顔を見つめた後、今度はシャーロットさんの顔を見つめた。

そして、ぺこりと頭を下げる。

『ごめんなさい……』

エマちゃんが謝ると、シャーロットさんは驚いて目を見開いた。

そして、優しい笑みを浮かべて口を開く。

『いいよ、私もいじわるしてごめんね』

シャーロットさんもエマちゃんに謝ると、抱っこをしたいのかエマちゃんに《おいで》と両手を差し出す。

仲直りのための儀式みたいなものかもしれない。

だから俺もエマちゃんをシャーロットさんに預けようとしたんだけど――。

『やっ！　おにいちゃんがいい！』

エマちゃんはギュッと俺の首元に抱き着いてき、シャーロットさんに抱っこされることを拒絶してしまった。

『………』

両手を広げたシャーロットさんは、プルプルと体を震わせながら固まってしまっている。

『あ、あの、シャーロットさん……？　エマちゃんはその……幼いから……』

『えぇ、えぇ、わかってます。大丈夫ですよ、青柳君』

ニコッとかわいらしい笑みを浮かべるシャーロットさんだけど、本当に大丈夫なのだろうか？

エマちゃんは幼いから好き放題してしまっている、ということは当然わかっているだろうけど、先程謝った後のこの態度だからな……。

これで怒らないほうが珍しいかもしれない。

俺はそんな不安を抱きながら、腕の中でご機嫌となったエマちゃんを抱えてシャーロットさんと共にスーパーへと向かうのだった。

◆

スーパーに着くと、俺とシャーロットさんは並んで歩きながら材料を眺めていた。

腕の中にいるエマちゃんは相変わらず俺に頬ずりをしてきてかわいいのだが、シャーロットさんはやはりどこか落ち込んでいるように見える。

本当に、気に病んでいなければいいけど……。

『おにいちゃん、エマおなかすいた……』

シャーロットさんを横目で観察していると、腕の中にいるエマちゃんが俺の服を引っ張りながら涙目になっていた。

エマちゃんたちがちょっと揉《も》めていたのもあって出掛けるのが遅くなったので、エマちゃんの体内時計の時間が先にきてしまったんだろう。

隣を歩くシャーロットさんにもエマちゃんの言葉は当然聞こえており、彼女はチラッとエマちゃんに視線を向けた。

その目は物言いたげな――かと思いきや、申し訳なさそうな目をしていた。

そしてその目が向けられているのは俺ではなく、エマちゃんだ。

もしかしたら、先程揉めていたことを自分のせいだとシャーロットさんは考えているのかもしれない。

そのせいで妹にお腹を空かせてしまって、申し訳なく思っているのだろうか？

『帰ったらシャーロットさんが作ってくれるから、それまで我慢できるかな？』

『……おなか、すいた』

笑顔で答えると、エマちゃんはプクッと小さく頰を膨《ふく》らませてもう一度同じことを言ってきた。

言葉を途中で区切り、あえて言葉を強調してアピールしているように感じるのは気のせいだろうか？

『ごめんね？　でも、どうしようもないんだ』

『むぅ……』

『エマちゃんは偉い子だけど、我慢できないかな……？』

『エマ、えらい？』

エマちゃんが拗ねてしまったのでどうにかできないかと試しに言ってみると、エマちゃんは小首を傾げて聞き返してきた。

意味が通じてるのかどうか疑問に思ったけれど、返してきた言葉のニュアンス的に多分通じている。

『うん、エマちゃんはいつも一人でお留守番して偉い子だよ』

『エマ、えらいこ！』

褒《ほ》めると、エマちゃんは凄く満足そうに頷《うなず》いた。

どうやら喜んでいるようだ。

よし、これならいけるかもしれない。

『そうだね。そんな偉いエマちゃんなら、もう少しご飯を我慢できるかな？』

『………』

続けて我慢するほうに誘導しようとした俺だが、エマちゃんは黙りこんでジッと俺の顔を見てきた。

さすがに無理矢理すぎたか……？

そう焦りを俺が感じると、エマちゃんは小さくコクリと頷いた。

『んっ、エマはえらいこだからがまんできる』

『そっか、エマちゃんはえらいね』

エマちゃんの沈黙がただ我慢をしようとしていただけだと理解した俺は、優しくエマちゃんの頭を撫《な》でて褒めてあげた。

すると、エマちゃんは気持ち良さそうに目を細めて頭を預けてくる。

本当に甘えん坊だ。

ただ、これだけだと多分またぐずり始めるだろう。

何か気を紛らわせられるものがあればいいのだけど――。

『そうだ、エマちゃん猫の動画見る？』

『ねこちゃん!?　みる！』

試しに猫の動画を検索して見せると、エマちゃんは勢いよく俺の手からスマホを取ってしまった。

うん、想像以上の反応だ。

『ねこちゃん♪　ねこちゃん♪』

エマちゃんは動画を見始めるとお腹が空いていたことを忘れたのか、ご機嫌な様子で頭を左右に振っていた。

あまりにも微笑《ほほえ》ましいので、周りのお客さんたちが笑顔でこちらを見つめている。

「――やっぱり、青柳君は凄《すご》いです……」

「シャーロットさん？」

いつの間にか、食材を選んでいたはずのシャーロットさんもこちらを向いていた。

優しい笑顔で俺の顔を見つめていたので、思わずドクンッと胸が高鳴ってしまう。

日本語で話しかけてきたのは、エマちゃんに聞かせたくないということか。

「青柳君は決して頭ごなしに言うのではなく、エマが納得できるように誘導をされています。そんなこと、そう簡単にできることではありません」

「えっと、そんなに褒めてもらえるようなことじゃないよ？」

「いえ、本当に凄いです。前にもお伝えしたと思いますが、エマは本当に気難しい子ですので……。そして、やっぱり青柳君はとてもお優しいです」

どうしよう、こんなふうに褒められると思っていなかったから顔が凄く熱い。

褒められるのは嬉しいけど、それ以上に恥ずかしくて仕方がなかった。

「も、もうこの話はやめようか。それよりも、今日は何を作るつもりなの？」

居心地の悪さを感じた俺は、この話を切り上げるために別の話題を振ることにした。

「そうですね……青柳君は何がお好きなのでしょう？」

「う～ん、特にこれといってないかな」

一番好きなのはラーメンだけど、さすがにこの話の流れで出せるはずがない。

ラーメンを作ってほしい、なんて言えるわけがないからな。

インスタントラーメンとかならいいけど、彼女の場合真面目《まじめ》そうだからスープから作るって言い出しかねないし。

『それよりも、エマちゃんが食べたいものにしようよ。エマちゃんは何が食べたい？』

俺が何を食べたいかよりも、一番幼いエマちゃんに選ばせてあげるべきだろう。

だから俺はあえて英語で喋《しゃべ》り直し、エマちゃんへと話しかけた。

『んー？　エマは、ハンバーグがいい！』

俺に何を食べたいか聞かれたエマちゃんは、スマホから顔を上げてかわいらしく小首を傾けた後、自分が食べたいものを答えてくれた。

ちゃんと答えられたエマちゃんの頭をよしよしと撫でて褒めてあげる。

すると、『えへへ』と嬉しそうにエマちゃんは笑って、俺の胸に自分の頬《ほお》を擦り付けてきた。

相変わらず反則級にかわいい子だ。

『どうやらハンバーグがいいらしいよ』

『エマはハンバーグが大好きですからね……。本当は青柳君のお好きなものをお作りしたかったのですが……わかりました、ハンバーグに致しますね』

エマちゃんの要望を伝えると、シャーロットさんは少しだけ悩み、その後笑顔で引き受けてくれた。

――家に着くと、早速シャーロットさんは料理にとりかかっていた。

そしてエマちゃんといえば――

『ハンバーグ♪　ハンバーグ♪』

――俺の膝の上に座って嬉しそうに体を揺らしていた。

なんてかわいい子なのだろう。

この子を眺めているだけで幸せになれる気がする。

『エマちゃんは本当にハンバーグが好きなんだね』

『んっ、だいすき……！』

声を掛けてみると、エマちゃんは満面の笑みを浮かべて答えてくれた。

なんだろう、凄く甘やかしたくなる。

『出来上がるまで大人しく待っていようね？』

『んっ』

頭を撫でながら言うと、エマちゃんはコクリと頷いてくれた。

ちゃんと我慢を継続してくれているらしい。

そんなことを考えていると、なぜかまたエマちゃんが俺の顔を見上げてきた。

『どうしたの？』

『んっ、エマね、ねこちゃんみたい』

先程まで体を揺らしてハンバーグを心待ちにしていたエマちゃんは、今度は猫が見たくなったようでおねだりをしてきた。

お店の中で見ていたことを思い出したのかもしれない。

俺はポケットからスマホを取り出し、有名動画サイトで猫の動画を検索する。

するとかなりの数の猫の動画が出てきたので、サムネがかわいい猫の動画を選んでエマちゃんに渡した。

『ねこちゃん……！』

猫の動画を見てエマちゃんは目を輝かせながら頬を緩《ゆる》ませた。

猫がかわいくて頬が緩んでしまっているんだろう。

そんなエマちゃんを見ていて俺の頬も緩みそうになる。

俺たちはそのまま、シャーロットさんの料理ができるのを待つことにした。

「――青柳君、料理が出来上がりましたので、召し上がる準備をして頂けますか？」

エマちゃんに気を取られていると、シャーロットさんによってテーブルの上に次から次へと料理が並べられており、確かにもう食べる準備をするべきだ。

しかし――。

『ねこちゃん♪　ねこちゃん♪』

エマちゃんは、机に並べられる料理を気にした様子もなく、猫に夢中となっていた。

食べるのならスマホをもう取り上げないといけないのだけど、こんなにも嬉々として動画に見入ってるエマちゃんからスマホを取り上げるのか？

そんなことしたら絶対に泣き出すだろ……？

だけどスマホを渡したのは俺なので、仕方なくエマちゃんからスマホを回収することにする。

『エマちゃん、もうご飯が出来上がってるから猫を見るのはやめようか？』

『ええ……まだ、みてたい……』

『うっ――』

エマちゃんにやめるよう言うと、ウルウルとした瞳で見つめられてしまった。

この子、この目をすれば自分の要求が通るってことを学習しているんじゃないだろうか？

駄目な知識を植え付けてしまっている気がする。

でも、この目で見つめられると、やっぱり無理に取り上げることなんてできなかった。

「大丈夫ですよ、青柳君」

エマちゃんからスマホを取り上げるのを躊躇《ちゅうちょ》していると、シャーロットさんが笑顔で俺の顔を覗《のぞ》き込んできた。

シャーロットさんのかわいい顔が近くに来て凄くドキドキする。

そんな俺のことなんてお構いなしに、シャーロットさんは俺の膝の上に座る幼き妹に視線を移した。

いったい何をする気なのだろうか？

シャーロットさんが何をしようとしているのかわからず、俺は黙って彼女の行動を見届けることにする。

『エマ、ご飯を食べましょ？』

『んー？　ねこちゃんみてたい……』

『猫ちゃんを見てたいの？』

『んっ……！』

シャーロットさんの問いかけに、嬉しそうに頷くエマちゃん。

妹の笑顔にシャーロットさんも優しく微笑み返した。

スマホを取り上げようとするのかと思ったのだが、どうやら違うみたいだ。

ここからシャーロットさんはどうする気なのだろうか？

『そっか、だったらハンバーグは私たちで食べちゃうね？』

『――っ!?』

『エマはご飯より猫ちゃんがいいんだよね？　残すのはだめだから、エマの分のハンバーグは私たちで食べてあげる』

『だめ！　エマもたべるもん！』

『でも、猫ちゃん見てたいんだよね？』

『うぅん！　ねこちゃんもういいから、ハンバーグたべる！』

そう言うと、エマちゃんは慌てたように俺にスマホを返してきた。

さすがシャーロットさん。

負けることも多いみたいだが、妹の扱い方を心得ているようだ。

『では、食べましょうか』

エマちゃんも食べる気になったのを見て、シャーロットさんは微笑みながら両手を合わせた。

それはまるで、日本の挨拶《あいさつ》である《いただきます》をやろうとしている仕草だ。

そういえば、彼女は前に郷に入っては郷に従え、と言っていたな。

日本にいるうちは日本の文化を真似《まね》て生活するつもりなのかもしれない。

俺もそんなふうにシャーロットさんを見ながら同じように両手を合わせる。

なぜかまだ膝の上から降りようとしないエマちゃんは《いただきます》の挨拶を知らないのか、小首をかわいらしく傾《かし》げていた。

しかしすぐに、見よう見まねで俺たちと同じように手を合わせる。

そして俺たちは——

「『いただきます』」

と、食材や食事に携《たずさ》わってくれた方たちに感謝して食事をするのだった。

◆

夕食を食べ終わると、シャーロットさんはまた一人で片付けをしてくれていた。

どうやら彼女は、片付けに関しては譲《ゆず》ってくれるつもりがないようだ。

手持《ても》ち無沙汰《ぶさた》になった俺は、エマちゃんが腕の中で眠り始めたのでその寝顔を眺めることにした。

エマちゃんはお腹がいっぱいになって眠くなったのだろう。

今はとても幸せそうな寝顔を浮かべている。

「こんな無防備に寝顔を見せてくれるのは、好かれてる証拠なのかな？」

「はい、そうですね」

「――っ⁉」

エマちゃんの寝顔を眺めながら独り言を呟《つぶや》くと、いつの間にか片付けを終えたシャーロットさんが俺のすぐ傍に立っていた。

もしかして、この子はわざと俺を驚かせようとしてるんじゃないだろうか？

「ふふ、驚かせてごめんなさい。ただ、エマがこんなふうに腕の中で寝るのは、それだけ青柳君に気を許しているからです。もっと言いますと、青柳君のことが大好きなのですよ」

それは、エマちゃんも言ってくれていたことだ。

会って少ししか経っていないのに、本当によく懐かれていると思う。

「……………」

「ど、どうしたの？」

なぜかシャーロットさんがジッと俺の顔を見つめてきたため、俺は若干《じゃっかん》口ごもりながら声をかけてみる。

すると彼女は右手で自身の髪を耳にかけながら、優しい笑みを俺に向けてきた。

「もしよろしければ、少しだけ外を歩きませんか？」

それは、捉えようによっては軽いデートの誘いとも取れる言葉。

急にこんなことを言われた俺は当然戸惑ってしまうが、折角《せっかく》の誘いを断るほど愚かではなかった。

「うん、喜んで」

「そうですか、よかったです」

俺が頷くと、シャーロットさんは安心したように胸を撫《な》でおろした。

俺はやはりその仕草には目を奪われてしまうけれど、慌ててシャーロットさんの顔へと視線を戻す。

「エマちゃんはどうするの？」

「風邪《かぜ》を引かないように暖かくして、連れていきましょう。目を覚ました時に青柳君がいなければ大泣きするでしょうから」

「えっ、泣くかな……？」

「大泣きして大暴れすると思います」

シャーロットさんにエマちゃんはどんなふうに思われてるんだろう？

そんなふうに俺は疑問を抱くが、余計なことは言わずに外出の準備をした。

「――風が……気持ちいいですね……」

外に出ると、夜風に髪をなびかせながらシャーロットさんは気持ち良さそうに目を細めた。

彼女が発する優しい声は聞き心地がよく、いつまでも聞いていたくなる。

俺はそんな彼女の隣を歩きながら、自分の鼓動が凄《すご》く速くなっているのを感じていた。

実際は三人とはいえ、エマちゃんは寝ているので実質二人だけの空間。

意識している相手と二人きりで、しかもデートともとれるシチュエーションに俺の胸は高鳴るばかりだった。

「そうだね」

シャーロットさんの言葉に対し、緊張している今の俺にはそう返すのが精一杯だった。

夜の静けさのせいか、普段俺の部屋に彼女がいる時よりも更に意識をしてしまう。

彼女の息遣いでさえ、今ははっきりと感じ取れてしまっていた。

「………」

俺が返事をすると、シャーロットさんは先程と同じようにジッと俺の顔を見つめてきた。

彼女がいったい何を考えているのかはわからないけれど、見つめられるとやはりとても緊張してしまう。

「えっと……今日の料理もおいしかったよ」

困った俺は、気まずい空気をどうにかしようと彼女が喜びそうな話題を振ってみる。

すると、シャーロットさんは嬉しそうに笑みを浮かべて俺の顔を見つめてきた。

「ありがとうございます。やはり、おいしいと言って頂けると嬉しいものですね」

「今日のはほうれん草のキッシュだっけ？　あれおしゃれでとてもおいしかったよ」

ハンバーグに合うということでシャーロットさんは作ってくれたのだが、キッシュとはフランスのとある地方に伝わる家庭料理で、ミートパイなどに近いいわゆるおかずケーキと呼ばれる焼きものらしい。

日本料理だけではなくフランス料理も作れるだなんて、シャーロットさんは本当になんでもできる子だ。

「ふふ、ありがとうございます。実はあの料理、エマがいつもハンバーグと一緒にほうれん草のキッシュを食べるのが好きだったので、一緒に作らせて頂いたのです」

「へぇ……シャーロットさんってやっぱり凄い妹思いだよね」

まだ少しの間しか一緒にいないけれど、シャーロットさんがエマちゃんを軸に行動していることは容易に想像がついた。

おそらく、全てにおいてエマちゃんを優先しているといっても過言ではないだろう。

だけどそれは、たとえ仲がいい姉妹だとしても少し異常な気がする。

妹を優先的に考えるのは優しい姉なら珍しくはない。

デザートをわけてあげたりして妹を喜ばせようとする姉の姿なら、たまに目にすることだってある。

しかしシャーロットさんの場合、自分のことをないがしろにしすぎている気がするのだ。

自分は全て我慢して、エマちゃんのしたいようにさせていると思う。

だから、我慢しすぎているんじゃないかと思った。

まぁそんなことを本人に言ったところで、優しい彼女は絶対に認めないだろうが。

「妹思い……ですか……。多分違うと思います。私はただ、この子に寂しい思いや悲しい思いをさせたくないだけなので」

それを妹思いといわずして、何を妹思いというのだろう？

否定した彼女に思わずそうツッコミを入れたくなる。

まぁさすがにそんな無粋《ぶすい》なことは言わないが。

それに、他にも一つ気になることがあるしな。

シャーロットさんの言葉を聞く限りは、優しい姉が妹のことを考えているだけだと思える。

しかし、言葉を発したシャーロットさんの雰囲気《ふんいき》が何か意味ありげだったのだ。

俺はこれ以上踏み込んでいいのか悩んでしまう。

彼女をもっと知りたい。

だけど、彼女が気にしている部分を下手《へた》に刺激したくはないし、踏み込みすぎて嫌がられたくもない。

そんな考えによって、俺は躊躇《ちゅうちょ》してしまった。

「私は他の方の迷惑にならない限り、エマの自由にさせてあげたいと思っています」

俺が黙り込んでいると、シャーロットさんが言葉を続けた。

確かに、シャーロットさんがエマちゃんのおねだりに対して駄目だと言っていたのは、俺に何かしらの迷惑をかける、と彼女が思っていることばかりだった。

それ以外の我《わ》が儘《まま》に関しては彼女は笑顔で受け入れていたと思う。

結構厳しいところもあるな、と思っていたけれど明確な線引きがあるからこそなのか。

彼女にとっては、他人に迷惑をかけるのは絶対に駄目なことなんだろう。

だけどそれは、裏を返せば彼女は誰にも甘えられないということではないだろうか？

……もし彼女が困った時、頼ってくれるような関係を築きたいな。

「シャーロットさんはエマちゃんによくしてあげてると思うよ。エマちゃんだってきっとわかってると思う」

「どうでしょうか？　この子にはきっと酷《ひど》い姉だと思われていると思います」

どうしてそんなことを言うのだろう？

そう疑問に思ったけれど、もしかしたらエマちゃんに言われた言葉を気にしているのかもしれない。

「もし、エマちゃんに言われたことを気にしてるんだったら、大丈夫だよ。あれは、家族だから出る言葉だと思うんだ」

「えっ……？」

「エマちゃんにとって、シャーロットさんは遠慮《えんりょ》がいらない相手なんだよ。だから、感情を前面に出して怒れるんだ」

「そうでしょうか……？　この子は結構、気に入らない方には嚙《か》みつきますよ……？」

「それとは違うと思うよ」

エマちゃんがシャーロットさんへ怒る時の態度は、子供が親に駄々をこねて我が儘を言っているような感じに見えた。

たまにお店で見たことのある、ほしいものを親にねだり、そして買ってもらえなかった時に怒る子供の態度そのものだったのだ。

そしてそこには、相手が家族だから言ってもいいという甘えがあるように見えた。

……とはいえ、そんなことを説明するのは難しいのだけど。

「出会ったばかりの俺が言えることではないかもしれないけど、シャーロットさんとエマちゃんには強い絆《きずな》があるように見えるよ」

我ながらくさいことを言ってるな、と思いつつも俺はシャーロットさんが安心してくれる言葉を探す。

「それに、前にエマちゃんは言ってたんだ。シャーロットさんは優しくて大好きだって。だから、大丈夫だよ」

「エマがそんなことを……」

シャーロットさんは潤んだ瞳でジッと幼き妹を見つめる。

エマちゃんは俺たちに見られているのに気付くことはなく、幸せそうな笑みを浮かべてスヤスヤと眠っていた。

見ていて幸せになる寝顔だ。

「青柳君は……」

「ん？」

「青柳君は……とても不思議な御方ですね」

「えっ？」

プニプニとした頬《ほお》をつっついてみたいな、そんな思いを抱きながらエマちゃんの寝顔を見つめていると、褒《ほ》められているのかどうかわからないことをシャーロットさんに言われた。

「えっと、何か変なことを言ったかな……？」

「いえ、違いますよ」

不安に思って聞き返すと、シャーロットさんはかわいらしい笑みを浮かべて首を左右に振った。

そして、彼女は自身の胸へと右手を添え、温かい笑みを浮かべる。

「青柳君とお話しさせて頂くと、とても心が落ち着くのです。お話ししていて安心すると言いますか……エマが懐くのも凄くわかります……」

「――っ！」

ドクン――シャーロットさんの笑顔と言葉に魅了され、俺の胸は大きく高鳴った。

「私、正直に言いますと男性の方が苦手なんです。目が怖いといいますか……ですが、青柳君はとてもお優しい目をされています。一緒にいて安心する殿方《とのがた》は初めてだったので、不思議な御方だと思ったんだと思います――って、私何言ってるんでしょうね、あはは……」

照れくさそうにシャーロットさんは笑い、落ち着きがないように手で自身の髪を触り始めた。

あぁ……本当にこの子はずるい。

こんな仕草を見せられて、心を摑《つか》まれない男などいないだろう。

「その、嬉しいよ。シャーロットさんにそこまで言ってもらえて」

「そ、そうですか？　よかったです」

それからお互い気恥ずかしくなってしまい、俺たちは無言のまま歩き続ける。

目的もなく歩いているだけだったが、不思議と気が付いた時にはお互いの肩と肩がぶつかりそうな距離に近付いていた。

どちらから近付いたのかはわからない。

そして無言による静かな空間なのに、不思議と居心地はよかった。

だけど、このまま終わらせてしまうのは惜しいとも思ってしまう。

「えっと、シャーロットさんってどんなものが好きなの？」

何か話題はないか、そう思った時に出てきた言葉はありきたりのものだった。

しかし、シャーロットさんの好きなものはとても気になるので、この質問をしてよかったとも思う。

「好きなもの、ですか？　そうですね――」

軽い感じで質問をしただけなのに、シャーロットさんは真面目《まじめ》に考え始めてくれた。

月明かりに照らされ口元に指を当てながら考える姿は、なんだか色っぽく見える。

俺は思わずそんな彼女に見惚《みと》れてしまう。

「――やっぱり、漫画でしょうか」

シャーロットさんに見惚れていると、嬉しそうな笑みを浮かべたシャーロットさんが耳を疑うようなことを言ってきた。

「……えっ？　今、なんて？」

「私は漫画が一番好きです。あっ、でも、アニメも捨てがたいですね」

俺の戸惑いには気が付いていないようで、漫画かアニメかで迷い始めるシャーロットさん。

正直そこまで悩む必要があるのかと思った。

お嬢様みたいな雰囲気を纏《まと》っているからそっち系には興味がないと思っていたのだが、どうやら興味津々《しんしん》のようだ。

まぁシャーロットさんが何を好きになろうと、彼女の勝手だからいいのだけど……。

「――あっ、コスプレイヤーさんも大好きです……！」

「えっ？」
コ、コスプレイヤーさん……？
あれ、この子もしかして……。

「コスプレイヤーさんって凄いですよね！　本当にアニメキャラみたいですもん！　私も、いつかコスプレしてみたいと思ってるんです……！」

確定。

この子あれだ、所謂《いわゆる》オタクってやつだ。

あとサラッと言っていたけど、シャーロットさんのコスプレ姿は絶対に見たい。

「私ですね、日本にこられることになって凄く嬉しかったのです。だって日本には、大好きな漫画がいっぱいありますし、アニメのクオリティも高いですからね。それにコスプレイヤーさんもたくさんいらっしゃいますし！」

「そ、そっか」

多分コスプレイヤーさんの件については、日本でも限られた地域だけの話なんだけどね。

「私は日本の漫画を読みたくていっぱい日本語を勉強したのです！　アニメだって、日本で作られたそのままのアニメを見たくて、日本語で会話ができるように頑張りました！」

「そ、そうなんだ」

「それにですね、アキバというところでしょうか？　コスプレをされる方たちがいっぱいいらっしゃる街なんですよね？　私、是非《ぜひ》とも一度アキバに行ってみたいのです」

「へ、へぇ……」

漫画やアニメ、そしてコスプレイヤーさんの会話になった途端、生き生きして話し始めるシャーロットさん。

ちゃっかりコスプレイヤーさんがどこにいるかを調べているあたり、彼女の好き具合が窺《うかが》えた。

本当に大好きらしい。

正直俺は、あまりのテンションの違いについていけていなかった。

だけど――。

俺はチラッとシャーロットさんの顔を盗み見る。

楽しそうに話すシャーロットさんの顔は今までで一番かわいく、そして魅力的だ。

会話内容にはついていけないが、彼女が楽しいなら聞き手になるのは悪くない。

むしろ、こんな表情を見せてもらえるのなら、いつまでも聞いていたいくらいだ。

「後はですね――あっ……ご、ごめんなさい……！」

話すことに夢中になっていたシャーロットさんは、急に我に返った。

暗闇でわかりづらいが、どうやら顔を真っ赤に染めてしまっているようだ。

一人で語り続けていたことに気がついて恥ずかしがっているんだろう。

「いいよ、シャーロットさんは漫画やアニメ、コスプレイヤーさんが凄く好きなんだね」

謝ってきたシャーロットさんに俺は笑顔を返す。

シャーロットさんの恥ずかしがっている姿を見ているとなんだか微笑《ほほえ》ましい気持ちになった。

それに話にはついていけてなかったが、話を聞いているのは嫌ではなかった。

むしろシャーロットさんの新たな一面を知れてよかったと思っている。

「青柳君は、本当にお優しいです……」

何か小さく呟《つぶや》いたシャーロットさんは、なぜか両手を頬に当てて俺の顔を見つめてきた。

いったいどうしたのだろう？

「どうかした？」

「あっ、いえ……青柳君は、どんな漫画がお好きなのですか？」

何か用でもあるのかと思って声を掛けたのだが、すぐに失敗したと思った。

シャーロットさん、どうせなら好きなものを聞いてくれればいいものを、漫画で縛《しば》ってくるとは……。

どう答えればいいのだろう？

正直俺は漫画をあまり読んだことがない。

それこそ、たまにオススメをしてきた彰の漫画を借りて読むくらいだ。

好きな漫画なんてないし、当然詳しくもない。

彰から借りたことがある本のタイトルくらいならわかるから、それを答えるか……。

「俺は――」

シャーロットさんの質問に答えようとした俺は、開きかけた口を閉ざす。

ここで嘘をつくのは簡単だ。

だけど、その嘘はきっとすぐにバレてしまうんじゃないだろうか。

漫画のタイトルを答えれば知っていようが知っていなかろうが、シャーロットさんは興味を示すだろう。

特に知っていたとしたら最悪だ。

絶対その作品の話題になるし、好きなキャラや展開などを聞かれることになる。

そしたら俺がボロを出すのなんてすぐだ。

何より——。

俺はチラッとシャーロットさんの顔をもう一度盗み見る。

こんなにも純粋な瞳で俺を見てくれている女の子に、なるべく嘘はつきたくなかった。

だから正直に打ち明けることにする。

「ごめん、俺は漫画をあまり読まないんだ。だからわからない」

「えっ……そう、なのですか……」

俺の答えを聞いたシャーロットさんは残念そうな表情を浮かべた。

心なしか、シュンとしてしまっているようにも見える。

「その、ごめん……」

「いえ、大丈夫です……。どうして、漫画をお読みにならないのでしょうか？」

「えっと……買う機会がなかったから……」

俺はわけあって自分で漫画を買ったことがない。

だから今まであまり読んでこなかったのだ。

「…………」

申し訳ないな、そんなふうに思う俺の横顔をシャーロットさんはジッと見つめてくる。

今何を思われているのだろうか？

話が合わない男だと思われている？

それとも、つまらない男だ、とでも思われているだろうか？

どうしよう、先程までの空気と打って変わって気まずい……。

「――あの……」

沈黙に居心地の悪さを感じていると、なぜかシャーロットさんは上目遣いに顔を覗《のぞ》き込んできた。

別の事に気を取られていた俺は驚いて一歩下がってしまうが、その開いた距離をシャーロットさんはグッと詰めてくる。

「その、ご提案……といいますか、もしよろしければ私の漫画をお貸ししましょうか？」

「えっ、なんで？」

「読んでいないのであれば、きっと漫画の素晴らしさもご理解頂けていないと思うんです。ですから、私が持つ漫画を読んで頂き、漫画の素晴らしさを知って頂きたいと……」

予想を完全に上回ってきたシャーロットさんの提案。

正直に言うと、それは俺にとって遠慮《えんりょ》したい話だった。

これ以上何かに時間を割《さ》いてしまえば、さすがに勉強の時間を取るのが厳しいからだ。

それこそ、限界を超えて睡眠時間を削《けず》らないといけなくなる。

「いや、それは……」

「それに……私自身、青柳君に自分の好きなものを知って頂きたいと思っています……。漫画は、本当に素晴らしいものなので……」

「…………」

こんなふうに言われれば、断れるはずがなかった。

シャーロットさんの気持ちは十分にわかる。

自分が好きなものはやっぱり他の人にもお勧めしたくなるのだろう。

とはいえ、まさか彼女がこんなことを言ってくるとは思わなかったけれど。

「うん、ありがとう。それじゃあ悪いけど、貸してもらえるかな？」

「あっ――はい、もちろんです！」

俺の返答が嬉しかったのか、シャーロットさんは満面の笑みを浮かべて大きな声を出した。

その笑顔は本当に素敵で、やっぱり彼女は魅力的な女の子だと思い知らされる。

だからもっと話をしていたかったのだけど――。

『――わぁああああん！』

シャーロットさんの大きな声に驚いてエマちゃんが目を覚ましてしまい、それどころではなくなるのだった。

◆

『――んっ……おにいちゃん……だっこ……』

次の日、俺の部屋に遊びに来ていたエマちゃんは遊び疲れてウトウトとし始めた。

要望通り抱っこをしてあげると、そのまま俺の腕の中でスヤスヤと眠り始める。

寝るのなら布団に横になったほうが楽だろうに、抱っこを求めてくるなんて本当に甘えん坊だ。

俺は起こさないように、優しくエマちゃんの頭を撫《な》でた。

「もうすっかり本当のお兄ちゃんみたいになってしまいましたね」

向かい側に座って俺たちのやりとりを見ていたシャーロットさんが、微笑ましいものを見るような目をして俺を見つめてきた。

「あはは、エマちゃんの本当のお兄ちゃんにならなりたいね」

最近よくシャーロットさんからお兄ちゃんみたい、と言われていたので俺は笑いながら自分が思っていることを口にした。

しかし、途端に後悔《こうかい》が込み上げてくる。

俺はいったい、なんということを口走っているんだ……。

へ、変な意味にとられていないだろうか……？

自分の失言に後悔しながら俺はシャーロットさんの様子を窺《うかが》ってみる。

すると――。

「ふふ、もしそうなればエマは大喜びでしょうね」

シャーロットさんは、まるで聖女様かと思うほど可憐《かれん》で優しい笑みを浮かべていた。

口元に手をあてて微笑む姿は絵になりすぎているとさえ思う。

改めて、シャーロットさんはとんでもない美少女だと思い知らされた。

「さて、エマも寝たことですし、そろそろ始めさせて頂いてもよろしいでしょうか？」

聖女様のような笑みを浮かべるシャーロットさんに見惚《みと》れていると、シャーロットさんはまた違う笑みを浮かべた。

今度の笑顔は、まるで子供が好きなものの話をするかのような、ウキウキとしている笑顔に見える。

なんだろう……今度は子供っぽいけど、逆にさっきよりもかわいくて見えてしまう。

大人っぽい彼女も素敵だけど、本当の魅力はこの子供っぽい笑顔のほうにあるんじゃないだろうか？

「うん、いいけど……エマちゃんが寝るのを待ったのは、妹には漫画を読ませたくないという理由から？」

彼女がなんの確認をしてきたのかわかっている俺は、彼女の笑顔に見惚れつつも本題へと入った。

最近はかなり少なくなっているとはいえ、漫画が教育に悪いと考える親はいる。

漫画好きで優しいシャーロットさんがそんな考えを持っているとは思えないが、わざわざエマちゃんが寝るのを待ったのが気になったのだ。

「いえ、違いますよ。エマはきっと漫画よりも青柳君とお話しをしていたいでしょうから、私が邪魔になるのが嫌だったのです。それにエマは日本語が読めませんから、一人だけ除け者《のけもの》になってしまうことになりますし」

だから待ったというわけだ。

やっぱり、彼女にとってエマちゃんが何よりも優先なのだろう。

もちろん、他人に迷惑をかけないことが前提の話だが。

シャーロットさんは本当にエマちゃんのことをよく考えているし、とても優しい。

この姉妹愛は見ていて微笑ましかった。

俺は胸が温かくなるような感覚を覚えながら、シャーロットさんの準備が整うのを待つ。

――が、すぐに言葉を失った。

なんせ、準備を終えたシャーロットさんがなぜか俺の隣に座ってきたからだ。

しかも、肩と肩がくっつきそうな距離に。

「シャ、シャーロットさん!?　ど、どうしてわざわざ隣に!?」

漫画を読ませたいだけなら貸してくれるだけでいいはずなのに、わざわざ隣に座ってきた意味がわからず俺は彼女に質問をする。

理由を聞かれたシャーロットさんは恥ずかしそうに頬《ほお》を染めて、ゆっくりと口を開いた。

「その……私、友達と一緒に日本の漫画を読んでみたかったのです……。でも、日本語を読める友達がいなくて……。一緒に読んでは……だめですか……?」

「あっ、うん……いいよ……」

頬を赤く染めながら上目遣いで見つめてきたシャーロットさんに俺はずるいと思いながらも、断ることができるはずもなく小さく頷《うなず》くのだった。

――うん、というかこの子あざとくない?

かわいすぎて惚《ほ》れるんだけど。

「えっと、それでは始めさせて頂きますね」

少し緊張した感じで、体を強張《こわば》らせたシャーロットさんが漫画を見せてくる。

緊張しているのは、多分お互いの顔が凄《すご》く近くにあるからだろう。

二人で一つのコミックを読もうとすると、どうしてもある程度は顔を寄せる必要がある。

正直言うと俺の心臓はバクバクといっていてうるさかった。

「それで、いったいなんの漫画を――えっ……？」

彼女が見せてきた漫画を見て、俺は戸惑ってしまう。

漫画を勧められるとしたら有名な麦わら帽子を被《かぶ》ったキャラが主人公の海賊《かいぞく》漫画や、体に化け物を封じ込めた忍者少年の漫画など、世界的に有名なものだと思っていた。

少なくとも、そういった部類の漫画を勧めてくると予想していたんだ。

しかし、彼女が勧めてきたのはマイナーなジャンル。

少なくとも、あまり作品としてはなさそうなジャンルだ。

「驚かれましたか？」

俺の表情を見て戸惑っていることを認識したシャーロットさんは、いたずらっぽく笑みを浮かべる。

いったい彼女はどういうつもりなのだろうか？

「おそらく青柳君は、世界的に有名な作品を私が勧めてくると思っていたのですよね？　少なくとも、人気ジャンルの作品を勧めてくると思われていたのではないでしょうか？」

当たっている……。

シャーロットさんが今言ったことはすべて俺が考えていたことだ。

「うん、そう思っていたよ。それなのにまさか――」

「漫画を描く漫画を勧めてくるなんて――でしょうか？」

俺の言葉を引き継いだシャーロットさんに、コクンと俺は頷いた。

彼女が勧めてきた漫画のカバーには、少年がＧペンを持って原稿に向き合っているイラストが描かれている。

それだけでこの少年が漫画を描こうとしているのがわかるし、カバー絵になっているということは漫画を描くことを中心にした物語だというのがわかった。

確かこの作品は、毎週月曜日に発売される人気少年雑誌で連載されていたものだ。

当時話題にもなっていたから漫画を読まない俺でも少しは知っている。

「詳しく説明してしまうとネタバレになってしまいますので、軽く説明させて頂きますね。これは、二人の少年が漫画家を目指す物語です」

「そうなんだね。えっと、この漫画を選んだ意図は？」

漫画のコンセプトを説明してくれたシャーロットさんに、どうしてこの漫画を選んだのかを聞いてみた。

理由はいくつか考えられる。

しかし、本当の答えを知っているのは彼女だけだ。

今俺は、漫画よりもシャーロットさんの考えが知りたかった。

自分の常識では当てはまらない行動を取る、彼女の考えが。

「内緒です」

──だが、シャーロットさんは唇に人差し指を当ててウィンクをし、答えを教えてはくれなかった。

やっぱりこの子、お茶目でかわいくてずるい。

こんなことされたら無理に聞けないじゃないか……。

「ふふ、ごめんなさい。まずは先入観なしに読んで頂きたいのです。それから、どうしてこの漫画を青柳君にお勧めしたかをご説明させて頂きますね」

「そ、そっか」

今回はどうやら彼女なりのシナリオがあるようだ。

それならば、俺は黙って彼女に任せることにしよう。

「──なんだか、ドキドキします」

カバーをめくると、恥ずかしそうにシャーロットさんが呟《つぶや》いた。

見ればやっぱり頬は赤く染まっている。

でも、顔は笑っていて楽しそうだ。

そして俺も、ドキドキとしながらこの時間に幸せを感じていた。

しかし──。

「よ、読みづらいですね……」

読み始めて数秒後、シャーロットさんは困ったように笑みを浮かべてそう言ってきた。

コミックサイズの漫画を二人で読むのは意外と読みづらかったのだ。

「まぁ、仕方ないよ」

とはいえ、このまま終わるのも惜しく思う。

他に何か一緒に読む方法があればいいのだけど、さすがにないだろうな。

「そ、それでは青柳君にこの漫画をお貸しして――」

二人で読めないのなら、一人で読むしかない。

当然シャーロットさんもその結論に至ったと思ったのだけど、なぜか彼女は俺に漫画を差し出しながら固まってしまった。

そして、何かを考えるように視線を彷徨《さまよ》わせ始める。

挙句《あげく》――顔を真っ赤に染め、潤んだ瞳で俺の顔を見上げてきた。

「えっ、どうしたの……？」

「あの、その……」

いったい何を考えているのか、シャーロットさんは指を合わせてモジモジとし始める。

歯切れ悪く、とても言いづらいことを言おうとしているようだ。

俺は下手《へた》に声をかけることができず、ジッとシャーロットさんの顔を見つめながら彼女の言葉を待つ。

すると、彼女は右手で髪を耳にかけながら、はにかんだ笑顔で俺の顔を見上げてきた。

「もしよろしければ、お願いしたいことが……」

そう言う彼女の願い事は、はっきり言ってとんでもなかった。

◆

「ほ、本当にいいの……？」

俺は戸惑いながら、この体勢になるまで何度も確認したことをもう一度確認をする。

すると、彼女は耳まで真っ赤に染めた状態でコクコクと頷いた。

言葉にしなかったのは、多分彼女もそれだけ恥ずかしいのだろう。

なんせ――現在、シャーロットさんは俺の腕の中にいるのだから。

彼女のお願いは、自分を包み込むようにして座ってほしいとのことだった。

重なるような体勢を取れば、二人でも読めるということが理由らしい。

シャイに見える彼女がまさかこんな提案をしてくるとは思わず、俺は心底驚いた。

だから確認を取らずにはいられなかったのだけど、彼女の意思も強くて俺が折れる形になったのだ。

……まぁ、下心を出して結構あっさり折れたことは否定しないが。

シャーロットさんは俺の股《また》の間に座っているため、彼女の髪や体からするいい匂《にお》いがもろに俺の鼻孔《びこう》へと入ってくる。

そのせいで気持ちを搔《か》き立てられ、興奮を抑えるのは困難だった。

こんな姿勢で漫画に集中できる気がしない。

ちなみに、エマちゃんは座布団を枕にして傍で寝ている。

後は漫画を読むだけだから、わざわざ布団に寝かせなくても大丈夫との判断らしい。

「ド、ドキドキします……」

やはりシャーロットさんもかなり緊張しているようで、ボソッとそう呟いた。

この体勢を提案された時は男として見られてないのかと危惧《きぐ》したが、さすがにそんなことはないようだ。

となると、警戒をしなくても大丈夫だと気を許してもらえているんだろう？

……いや、うん。

男としてそれもどうかと思うが……。

「えっと、それじゃ――」

「ひゃっ⁉」

ページをめくるよ――そう言おうとしたら、シャーロットさんはかわいらしい声をあげて体を跳ねさせた。

結構大きく跳ねたため、俺は驚いて彼女を見つめてしまう。

「あっ、その……」

今の反応はシャーロットさん的に恥ずかしかったようで、若干《じゃっかん》目に涙を溜めた状態で俺の顔を振り返ってくる。

そして何か言い訳を考えていたようだけど、いい案が浮かばなかったのか諦めたように俺から目を逸《そ》らして口を開いた。

「ごめんなさい……耳は弱いので……息をかけないで頂けると……」

「……………」

顔を真っ赤に染めた美少女が、腕の中でモジモジとしながら言ってきた言葉。

その言葉を聞いた俺は、もう緊張やら興奮やらで頭がショートしそうだった。

この子、ナチュラルに理性を破壊しにくるのはやめてほしい……。

「えっと、あの……私……耳が敏感でして……」

「ごめん、理解が追い付かなくて黙ってるわけじゃないから！　説明しなくていいから！」

俺が黙り込んでいたせいで、シャーロットさんは涙目のまま体を震わせて説明をしようとしてくれた。

さすがにこの状況で説明させるほど俺は鬼畜ではない。

というか、恥ずかしさで体を震わせながらも説明をしてくれようとしたシャーロットさんは、真面目《まじめ》すぎる気がする。

「うぅ、ごめんなさい……」

「いや、シャーロットさん悪くないから。むしろ俺のほうこそごめん。これからはちゃんと気を付けるね」

「ありがとうございます……」

そうして変な雰囲気《ふんいき》になりながら、いざ漫画を読み始める俺たち。

当然、俺にはもう漫画の内容は頭に入ってこなかった。

「――こんなふうに純愛をするキャラたちって、素敵ですよね」

半ば無意識にページをめくりながらシャーロットさんに気を取られていると、腕の中にいるシャーロットさんが艶《つや》のある声を出した。

横顔を見れば、うっとりとした表情を浮かべている。

彼女が言ってるのは、主人公とヒロインが夢を叶えるまでは会わずに頑張ろうと約束したことや、目が合っただけで真っ赤になる二人の純粋さのことについてだろう。

やはり女の子はそういった恋愛に憧れるのだろうか？

実際にこんな恋愛をできる人間がこの世の中にどれだけいるのか――きっと、半分にも満たないだろう。

だけど、多分シャーロットさんはこういう純愛のような恋愛をすると思う。

不思議とそういった確信があった。

……その相手が俺であることを祈るのは、些《いささ》か贅沢《ぜいたく》か。

彼女の相手は、彰みたいなみんなに人気がある男が相応《ふさわ》しいと思う。

俺は運よく彼女と仲良くなれるキッカケを持てたが、彼女のような人気者とはつりあわない。

俺はどうしたいのだろう……？

元々はシャーロットさんと関わるつもりはなかった。

だけど、運命の悪戯《いたずら》で関わるようになってしまったどころか、こうやって毎日一緒にいる関係になってしまった。

挙句《あげく》、今は彼女が腕の中にいるくらいだ。

このまま諦めるのは、少しだけ惜しいと思う。

彰に譲《ゆず》る——いや、遠慮《えんりょ》するといったほうがいいか。

譲るなんて言葉は上から目線で偉そうだし、シャーロットさんの気持ちが含まれていない。

彰がシャーロットさんを狙っている以上、俺が彼女と親しくなるのはよくないはずだ。

親友のことを思うならここは遠慮するのが正しい。

俺がシャーロットさんにこの関係を隠してもらった理由には、彰に対する後ろめたさもあったのかもしれない。

シャーロットさんに関しては親友のことを考えずに、自分の想いを優先してしまった。

あの時の俺がシャーロットさんとお近づきになれたことに浮かれなければ、こんなややこしいことにもならなかったのにな……。

「――柳君……青柳君……青柳君！」

「――っ!?」

「どうかなさいましたか……？　なんだか深刻そうな表情をされていたようですが、何かありましたか……？」

いつの間にか俺は考え事をしていたようだ。

そんな俺をシャーロットさんが不安そうな表情で見つめている。

急にボーッとしたりすれば、不安になって当然か。

「いや、ごめん。ちょっと考え事をしていただけだよ」

「………」

慌てて言い繕《つくろ》ったが、シャーロットさんはまだ見つめてくる。

そして――ゆっくりと、俺の額に手を伸ばしてきた。

「――っ!?」

ひんやりとした柔らかくて気持ちのいい手が俺の額に触れたことにより、すぐにこの状況を理解した俺は体が熱くなってきた。

「熱はない……うぅん、やっぱり少し熱い気がしますね……。というか、どんどん熱が上がっていってる気がします……。それにお顔も真っ赤ですし、少し遅い夏風邪《なつかぜ》を引いてしまわれたのでしょうか……？」

いや、うん。

それ風邪による熱じゃないから。

君が至近距離にいるのと、触れられて恥ずかしいから体が熱くなっているだけだから。

俺は心の中でそう思い浮かべるが、口はパクパクと動くだけで緊張から声が出てこなかった。

すると何を思ったのか、シャーロットさんは今度はおでこを当ててきた。

顔！

顔ちかっ！

何してんのこの子⁉

「やっぱり熱がありますね……。それによく見れば隈《くま》も……。残念ではありますが、これでお開きに致しましょう」

「あっ、う、うん……」

俺は戸惑いながらもなんとか声を絞《しぼ》り出す。

――本当はこの時、彼女が言った言葉を否定しなければならなかった。

しかし、そんな余裕がなかった俺は、彼女の言葉を聞き流してしまったのだ。

それが後にややこしい事態を引き起こすことを、この時の俺はまだ知る由《よし》もない。

「青柳君、お布団って何処《どこ》にしまわれていますか？」

「えっ……？　そこの……押し入れだけど……」

頭がのぼせ上がっていて頭が回っていない俺は、シャーロットさんに聞かれるがままに答えてしまった。

すると、彼女は《失礼します》と呟《つぶや》いて押し入れを開けてしまう。

いったい何をしているんだと思っている間にはもう、シャーロットさんが押し入れから布団を引っ張り出して床に敷いてしまった。

「さ、青柳君。もう寝てください」

「え？　え？」

「風邪は引き始めが肝心《かんじん》といいます。青柳君の場合はもう熱が出てしまっていますので、早く寝るべきなのです。大丈夫です、寝付くまで私はいますから」

ニッコリと聖女様のように可憐《かれん》な笑顔で微笑《ほほえ》むシャーロットさん。

うん、全然大丈夫じゃないから。

むしろ何処が大丈夫なのか聞きたいから。

「……隈ができてるのは、寝不足が原因ですよね……。やはり私たちのせいで無理を……」

「えっと、どうかした……？」

俺が一人ツッコミを入れていると、何やらシャーロットさんが暗い表情を浮かべてブツブツと呟き始めたので、俺は戸惑いながらも声をかけてみた。

すると彼女はハッとした表情を浮かべ、慌てたようにニコッと笑みを返してきた。

「いえ、なんでもありません。それよりも、青柳君は早く寝てください」

シャーロットさんは俺の体に手を伸ばしてき、そのままゆっくりと布団にまで導く。

「いや、あの……」

「あっ……まだ熱が上がってますね……。青柳君、やはりすぐに横になってください」

移動する最中、再度俺の額に触れてきたシャーロットさんが心配した表情で言ってきた。

体温が上昇しているのは風邪ではなくこの状況のせいだと言いたいのだが、頭がグルグルと回っていて上手《うま》く言葉が出てこない。

「――それではおやすみなさい、青柳君」

結局シャーロットさんに抗《あらが》えず、俺は布団に寝かされてしまった。

シャーロットさんはそのまま部屋の電気を消してしまう。

しかし、立ち去る気配はなかった。

本当に俺が寝るまでは傍にいるつもりのようだ。

熱があると分かる（勘違い）やいなや、シャーロットさんは一気にお姉さんみたいになってしまった。

いつもエマちゃんの面倒を見ているから世話焼きになっているのだろうか？

………………とりあえず、もうどうにでもなれ……。

もう色々とありすぎて頭が回っていない俺は、考えるのに疲れて眠ることにした。

――意識が薄れていく中、誰かの手が優しく額に触れた気がし、なんだかホッとしてしまう。

そしていつの間にか、俺は完全に意識を失っていた。

◆

だ、大胆《だいたん》なことをしてしまいました……。

暗闇の中、青柳君の寝息を聞きながら私は自分がやってしまったことに後悔《こうかい》をしておりました。

彼が熱を出してしまい慌てて対応したのですが、普段エマにしていることを青柳君にしてしまったのです。

自分と同い年の男性の方になんてことをしてしまったのでしょう。

青柳君、迷惑に思っておられないでしょうか……？

私は彼に変に思われていないか心配になり、不安から胸が締め付けられる思いに駆られていました。

ただ……正直言いますと、まだそれはいいほうだと思います。

問題は――彼と漫画を読もうとした時のことです……！

まさか、彼の体で自分を包んで頂くようにお願いするなんて……！

は、はしたなさすぎます……！

完全にこれはやりすぎました……。

青柳君が戸惑っていたのも当然です、同級生の女の子がそんなお願いをしてきたんですから。

そんな彼は今、おだやかな寝息を立てて寝てしまっているのですが……。

今は暗闇に目が慣れてきたみたいで、顔を近付ければ青柳君の顔を見ることができます。

『………』

今は誰にも見られてはいませんよね……？

私はバクバクとうるさい胸を手で押さえながら、好奇心を抑えることができなくて思わず顔を近付けてみました。

こうして見ると、まつ毛……長いですね……。

まるで女の子みたいです。

顔もシュッとしておりますし、鼻も高いです。

髪が少しボサボサなのが惜しいですね。

髪型さえ整えれば、女の子たちに人気が出るのではないでしょうか？

そうすれば――クラスで、悪く言われることもありませんのに……。

ふと、私は学校での出来事を思い出してしまいます。

今日も彼は一人悪役を買って、皆さんから文句を言われていました。

よく考えれば青柳君がおっしゃられていることが正しいのに、誰も理解してあげようとはしていません。

……いえ、西園寺《さいおんじ》君は青柳君の味方をしていたので、わかっておられるのかもしれません。

ですが、彼の立ち位置はどっちつかずの中間にいる感じでした。

だから、青柳君の味方をしても皆さんから何も言われません。

傍《はた》から見ていると、青柳君一人が悪者にされてしまっています。

見ていて凄《すご》く悲しいです。

こんなことを考えている私ですが、クラスでは傍観者組に入っておりました。

本当は彼が正しいと言いたかったのですが、一度青柳君の弁護をしようとした時に視線だけで彼に止められたことがあります。

後《のち》に、二人きりになれたタイミングでそのことを追及すると、《いいんだよ、あれで。誰かが悪者にならないと、成り立たないことがある。君が入ってしまうと意見が分かれて揉《も》め事に発展したと思うんだ。だから、学校で俺が責められていても擁護《ようご》はしてくれなくていいよ。必要な時は彰がしてくれるからさ》と逆に言いくるめられてしまったのです。

青柳君がおっしゃられたことはわかります。

私が青柳君側に付くことによって他にも人が流れてくれれば、意見が二つに分かれて言い合いが始まる可能性がありました。

彼はそれを嫌い、一人悪者になって言い返さないことによって穏便に事を済ませようとしたのです。

一人犠牲になって皆が救われる。

聞こえはいいかもしれませんが、凄く辛《つら》い生き方です。

私には同じことはできません。

彼は、どれだけお優しい御方なのでしょうか……。

──私はそのまま、今日学校で花澤《はなざわ》先生とお話ししたやりとりを思い出してしまいます。

私が、青柳君の好みについてお尋ねした時のことです。

◆

「──ん？　青柳が好きそうな漫画のジャンルか？　どうしてそんなことを聞く？」

お昼休み、花澤先生の元を訪れた私に対して花澤先生がその意図を聞き返されました。

「彼に漫画をお勧めしようと思っているのですが、彼の好みを知りませんので教えて頂きたいのです」

「だったら西園寺に聞けばいい。あいつのほうが私より青柳と付き合いが長いし、そういった趣味なら当然親友である西園寺のほうが詳しいだろ」

「それは……その……」

「あいつには聞けない理由があるのか？」

花澤先生の質問に私はコクリと頷《うなず》きます。

最初は私も、西園寺君にお尋ねすることを思い付きました。

ですが、青柳君から私たちの仲は皆さんに内緒にしてほしいと言われていたことを思い出し、考え直したのです。

青柳君の好みをお尋ねしてしまえば、少なからず関係性を疑われてしまうでしょうからね。

その点、花澤先生には私たちの関係を知られておりますし、青柳君のことも理解されているようです。

まさしく、今この状況においてはうってつけの人物だと思いました。

「ふむ……まぁそれなら答えてやってもいいが……あいつとはそういう系の話はしないからな……」

先生は青柳君と凄く仲がよさそうに見えていたのですが、やはり教師と生徒という関係からか、しない話もあるようです。

しかし、花澤先生は真剣に考えてくださっているので、私は黙って待つことにしました。

「青柳といえばサッカーだが……いや、逆効果か。むしろ嫌なことを思い出させるし……」

花澤先生は私に聞こえないようにブツブツと呟《つぶや》かれていますが、聴力のいい私の耳には全て聞こえています。

どうやら青柳君は、サッカーがお好きなようですね。

ですが、嫌なこととはなんなのでしょうか？

本当ならお聞きしたいのですが、花澤先生が私に聞こえないように呟かれているので聞くことはできません。

もどかしい思いを抱きながらも、私はジッと花澤先生を見つめて待ちます。

「そうだな、どうしても勧めたいというのならリアリティがある漫画にするといい。特に、努力が実って結果が出るものならあいつは好むと思う」

真剣に考えてくださった花澤先生は、優しい笑みを浮かべてそう教えてくださいました。

なるほど、リアリティがあって努力のおかげで結果が出る漫画ですか。

この時点で私の中にはいくつもの候補が浮かんでいました。

特にスポーツ系の漫画だといいのかもしれません。

特殊能力が用いられるスポーツ漫画も多いですが、リアリティを重視していて努力が実ったおかげで結果が出るという漫画も多いのです。

あっ、ですが……サッカーで嫌なことを思い出すのなら、スポーツ物はよしたほうがいいのでしょうか……？

いったいどういう内容で嫌なことを思い出すのかわからない以上、なるべく避けたほうがいいですよね……？

「――逆に幸せな家族の描写が描かれているものは避けたほうがいいかもしれない。下手《へた》をすると、あいつに避けられるようになるかもしれないからな」

「えっ……？」

不意に発せられた言葉。

顔を見上げれば花澤先生は悲しそうな表情をされており、この言葉には何か暗いものが隠されているというのが容易にわかりました。

「花澤先生、今の言葉はどういう意味で――」

「あっ、いや、なんでもない。とにかく、リアリティがあって努力によって結果が出る漫画にするといい」

詳しく聞こうとすると、花澤先生は《口が滑った！》と言わんばかりの表情を浮かべて話を逸《そ》らしてしまいました。

しかし、ここで誤魔化《ごまか》されて聞き入れられるほど私もいい子ではありません。

「あの、誤魔化さないでください。青柳君はいったい何を抱えておられるのですか？」

彼が何か困っているのであればお力になりたい。

そういう思いを抱きながらお尋ねした私ですが、花澤先生は首を左右に振ってしまいました。

「それは、私が言うべき話じゃない」

「花澤先生！」

「大声を出すな、ここは職員室だぞ？」

私が大きな声を出してしまったせいで、周りの先生方が心配そうにこちらを見ておられました。

確かに、職員室で大きな声を出した私が悪いです。

しかし、このまま誤魔化されるのは……。

「お前が知りたいと思うのなら、それは青柳の口から聞き出すべきだ」

「……お話し、してくださるでしょうか？」

「無理だな」

「…………」

さすがに少し納得がいかず、私は黙って花澤先生を見つめます。

すると、花澤先生は苦笑いをしながら口を開きました。

「お前でもそんな物言いたげな顔をするんだな。ただ、お前も青柳と一緒にいるのならわかるだろ？　あいつはなかなかの曲者《くせもの》だ」

「……今日も、一人悪役を買って出ていました」

「そうだな、そういう男だ。あいつは周りが幸せになるのであれば喜んで自分を犠牲にする奴だからな。そんな男が、自分の件で他人の手を煩《わずら》わせるようなことを言うわけがないだろ？」

それは失言なのか、はたまた意図的なのか。

どちらかはわかりませんが、花澤先生は青柳君が抱えているものは他人の手を煩わせる厄介《やっかい》事《ごと》だと暗におっしゃられました。

本当に、いったい何を抱えているのでしょうか……。

「それなのに青柳君から聞き出すようにおっしゃられるのは、些《いささ》か意地悪が過ぎませんでしょうか？」

「さぁ、どうだろうな？　確かに今の青柳からは無理だろうが、だからといって不可能ではないだろ？」

「あの、からかわれても困るのですが……」

「そうじゃない、今の青柳からは無理なのなら、あいつの考え方自体を変えさせればいい。だから、不可能ではないって言ってるんだよ」

花澤先生はなぜか優しい表情を浮かべられ、何かを期待するような目でそう言ってこられました。

なるほど、そういうことですか。

やっぱり花澤先生はいじわるです。

「難しいことをおっしゃられますね。むしろ、青柳君に教えて頂くよりも難しいことではないでしょうか？」

「そういう割にはやる気に満ちた表情をしてるぞ、シャーロット。漫画の好みを聞いてきた時から思っていたが、お前結構青柳のことを気に入ってるよな」

「――っ⁉」

ニヤニヤといじわるな表情を浮かべた花澤先生の言葉に、私の全身はカァーッと熱くなります。

顔なんて、湯気が出ているのではないかと思うくらいに熱いです。

「うんうん、顔を真っ赤にして相変わらずかわいい奴だな」

「ち、違いますよ⁉　わ、私は別にそういうつもりでは……！　いえ、確かに毎日妹のことを凄くかわいがってもらっているのでお優しい方だな、とは――」

「ほぉ、妹を毎日？　つまり、お前は毎日青柳の部屋もしくは、自分の部屋で青柳と一緒にいるわけだ？　意外と積極的だな？」

「～～～～っ！　で、ですから、それは……！」

「わかってわかってる、その調子で頑張れ」

「全然わかって頂けてないですよね⁉」

「シャーロット、さっきも言ったがここは職員室だ。あまり大声を出すな」

ニヤニヤとするいじわるな花澤先生は、ポンポンッと私の頭を叩いてきました。

完全に面白がられています。

「まぁ真面目《まじめ》な話、私はお前たちが仲良くしてくれるのは嬉しい」

「おもちゃにするためにですか……？」

「お前、意外とそういう言葉知ってるんだな……。違う、真面目な話だと言ってるだろ。あいつは正直、他の生徒たちに比べて考え方が大人だ。そしてそれにはそれ相応の背景がある。だから私は、お前があいつの力になってくれると嬉しいと思っているんだ」

「私でお力になれるでしょうか……？」

「何も、知恵を貸すことだけを言っているわけじゃない。友達として一緒にいる。相談役になってやる。それだけでも十分なんだ。もちろん、その先に進むなら進めばいい。要は、青柳と仲良くしてくれってことだ」

「そういうことですか。ですが、それではご心配はいりません。青柳君はとても素敵な御方で、仲良くして頂きたいと思っておりますので」

青柳君を心配される花澤先生に対し、安心して頂けるように私は笑顔で答えました。

しかし――。

「本音が出たな」

花澤先生は、またいじわるな笑顔を返してきたのです。

「ち、違います……！　今のは……！」

「はいはい、とりあえずお前たちが仲良くやってくれそうでよかったよ」

「先生……！」

「おっと、もうお昼休みが終わりそうだ。ほら、早く戻るんだ、シャーロット」

——その後、弁解する私の言葉は聞いて頂けず、教室に戻されてしまうのでした。

◆

『青柳君……あなたはいったい、どれだけのことを抱えているのですか……？』

今もなお健《すこ》やかな寝息を立てながら寝ている青柳君に、私は小さな声で問いかけます。

今の私では青柳君からそれを聞きだすことはできません。

ですから、いつかお話しして頂けるような関係になれることを私は心から祈ります。

『さて、自分の我《わ》が儘《まま》はこの辺にしまして、今は青柳君の体調が優先ですね』

青柳君は先程まで元気そうだったのに、急に熱が上がってしまったのが心配です。

もし更に悪化した場合、一人暮らしの彼は誰にも助けてもらえないのですよね。

今日もお母さんは会社にお泊まりすると連絡がありましたから、私が家に帰らなくても問題ないでしょうか……？

それに青柳君の家の鍵《かぎ》を持っていない私が家に帰ってしまうと、青柳君の家は鍵が開いたままの不用心な状態になってしまいます。

だから、やはりこれは当然の対応なのです。

――私は目に見えない誰かにそう言い訳をしながら、思い浮かんだ考えを行動に移すことにしました。

まずは家からエマ用の布団を持ってきて、風邪《かぜ》が感染《うつ》らないよう別室にエマを寝かせます。

そして家から持ってきた氷枕にタオルを巻き、起こさないように丁寧《ていねい》に青柳君の頭の下にいれます。

また、少しでも早く楽になって頂けるよう、彼の額に熱を下げる用のシップを貼りました。

後は、彼が目を覚ますまで私は傍で待機です。

……不思議なものですね。

出会って数日しか経っていない御方なのに、どうしてかほうってはおけませんでした。

それに彼の傍にいると安心している自分もいます。

本当に、青柳君は不思議な御方です。

……だからこそ、なのかもしれませんね。

私が今、こう思っているのは。

「青柳君……あなたの考えを、私は尊重します。ですが、あなたばかり辛《つら》い目に遭《あ》うのでしたら、私はいつまでも我慢はできませんからね？　私は意外と、我が儘なのですよ？」

寝ていて声が届かないのをいいことに、私は自分の思いを言葉にするのでした。

◆

「——んっ……」

カーテンの隙間《すきま》から朝日が差し込む中、俺は自然と目が覚めた。

アラームが鳴る前に目が覚めるのは、もうこの時間に起きることが体に染み付いているからだろう。

俺はスマホを手に取り、アラームが鳴らないようさっさと切った。

さて、顔を洗って準備を——。

「——おはようございます、青柳君。体調は大丈夫でしょうか？」

「…………えっ？」

体を起こそうとした際に女の子が俺の顔を覗《のぞ》き込んできたので、俺は体が固まってしまった。

事態が呑《の》み込めず、覗き込んできた女の子——シャーロット・ベネットさんを見つめてしまう。

シャーロットさんは俺の顔を見ると、嬉しそうに微笑《ほほえ》んだ。

「どうやら熱は引いていそうですね。ですが念のため、体温を測って頂けますでしょうか？　体温計はここに用意しておりますので」

俺が寝ている間に用意してくれていたのか、シャーロットさんが体温計を手渡してくる。

俺は体温計を受け取りながら段々と頭がはっきりとしてきて、昨日の出来事を思い出してしまった。

そういえば、昨日はシャーロットさんに熱が高いと勘違いされ、そのまま強引に寝かされたんだった……。

でも、どうして朝起きたら彼女が俺の部屋にいるのだろうか？

まさか、昨日から自分の部屋に帰っていないのか？

「あの、シャーロットさん？　もしかして徹夜で看病してくれていたの？」

「気にしないでください。私が勝手にやったことですので」

はっきりとではないが、シャーロットさんは肯定した。

凄《すご》く罪悪感が込み上げてくる。

俺は別に熱が高かったわけではなく、彼女に流されて逃げるように寝てしまっただけだ。

それなのに彼女に徹夜で看病をさせてしまった。

人として最低すぎる……。

「ごめん、シャーロットさん」

「ですから、気にしないでください。困った時はお互い様ですし、私が勝手にしたことですから」

「違う、そうじゃないんだ……。俺は昨日風邪で熱が上がったわけじゃないんだよ」

「えっ？」

「その……君に触られた時に恥ずかしくて体温が上がって、それをシャーロットさんは風邪だと勘違いしたんだ」

全てを話すのは恥ずかしかったが、徹夜までさせておいて黙っておくのは嫌だった。

せめてきちんと謝りたかったのだ。

「で、ですが、かなり熱かったですよ……？　私が触れたくらいでそんなに熱くなるなんて――」

何か思うことがあったのか、シャーロットさんは話すのを途中でやめて顔を背けてしまった。

俺から見えるシャーロットさんの横顔はたちまち赤くなっていく。

「そういえば私……おでこをくっつけたりしちゃったんですよね……。それに、そもそも青柳君の腕の中にいたり……そのせいだったのですか……」

恥ずかしそうにモジモジとし始めるシャーロットさん。

相変わらずかわいくて仕方がない。

「えっと、だからごめん。病気だったわけでもないのに看病をさせてしまって……」

「い、いいえ、私が早とちりをしてしまったせいですので……。私のほうこそごめんなさい……」

シャーロットさんはチラチラと上目遣いで俺の顔を見てくるのだけど、その様子が反則だと思うほどにかわいい。

徹夜をさせてしまった罪悪感があったはずなのに、シャーロットさんには申し訳ないが彼女を見ていると心が満たされそうだった。

しかし、そんな時間も唐突《とうとつ》に終わりを告げる。

『――ロッティーどこぉおおおおおおおおおおおおお！』

「「――っ！」」

急に別室から幼い女の子の泣き声が聞こえ、俺とシャーロットさんはお互いの顔を見合わせる。

そういえば、シャーロットさんはここにいるのにエマちゃんの姿が見えない。

この子が幼い妹を一人家で寝させるはずがないから、別室で寝かせていたのか。

『ロッティイイイイイイイイ！』

『エマ、私はここにいるよ！』

シャーロットさんは慌てて部屋のドアを開けてエマちゃんに声を掛ける。

すると、エマちゃんはシャーロットさんを見つけて泣きやんだ。

そしてそのままタタタッとこちらに走ってくる。

俺はその様子を《あぁ、シャーロットさんに抱き着こうとしているんだな》と思って見ていたんだが——なぜか、エマちゃんは両手を広げて待ち構えるシャーロットさんの横を通り抜けた。

そして——

『おにいちゃん！』

——満面の笑みを浮かべて、俺に抱き着いてきた。

『…………』

抱きしめる予定で両手を広げて待っていたシャーロットさんは、無視されたせいで固まってしまった。

なんというか、どう声を掛けたらいいかわからない。

この気まずい雰囲気《ふんいき》を作ってくれたエマちゃんといえば、『えへへ』と嬉しそうに笑い声を漏《も》らしながら俺の頰《ほお》に自分の頰をこすりつけている。

俺が布団から体を起こした状態のため、エマちゃんの身長だと丁度《ちょうど》いい高さのようだ。

『ねぇねぇおにいちゃん。きょうからおにいちゃんもエマのおうちにいっしょにすむの？』

この状況をどうしようかと考えていると、エマちゃんが顔を離して俺の顔を覗き込んできた。

そして何か勘違いをしているようだ。

『えっと、どうしてそう思ったの？』

『だっておにいちゃん、エマのおうちにいて、おふとんにいるから！』

『あ～ここ、エマちゃんのおうちじゃなくて、俺のおうちだよ』

『あれ……？　ほんとだ！　おにいちゃんのおうちだ！』

俺の言葉を聞いてキョロキョロと周りを見渡したエマちゃんは、驚いたような表情を浮かべた。

起きた時に見知らぬ部屋にいたから泣いたんじゃないのか、この子は？

ただ目を覚ましたらシャーロットさんがいないから泣いただけ？

どれだけお姉ちゃん子に育ててるんだよ、シャーロットさん……。

いや、まぁ、シャーロットさんが姉ならお姉ちゃん子になる気持ちは凄くわかるし、エマちゃんが妹ならめちゃくちゃ甘やかしたくなる気持ちもわかるけどさ。

『だったら、きょうからエマはおにいちゃんのおうちのこども？』

『いや、違うけど……』

『えぇ……。エマ、おにいちゃんのおうちのこになりたい……』

どうしよう。

この子、自分の世界を展開しすぎじゃないだろうか？

まぁ俺としてはエマちゃんみたいなかわいい妹なら大歓迎なんだけど。

しかし、さすがに法律とシャーロットさんが許してくれない。

『ふ～ん……エマは、私がいなくてもいいんだ？』

妹に見捨てられた（？）シャーロットさんが、拗《す》ねたような声を出してエマちゃんを見つめる。

心なしか頬も膨《ふく》らんでいるように見える。

この子も、見た目の割に意外と子供っぽいよな……。

拗ねてしまっているシャーロットさんを見て、俺は心の中でそう思った。

言葉には出さない。

出してしまえば、更に拗ねてしまいそうだから。

『うぅん、ロッティーもいないとだめだよ？　だから、ロッティーもおにいちゃんのおうちのこどもになるの！』

おっと、本当にエマちゃんはなんてことを満面の笑みを浮かべて言ってるんだ……。

まぁ子供が言ってるわけだし、シャーロットさんも相手にしないだろうが。

『だめだよ、エマ？　そんなことは無理なんだから』

ほらな？

漫画とかだと、こういった時に主人公にとって都合がいい言葉をヒロインが言ったり、ラッキー展開になったりするのだけど、現実はそんなに甘くない。

期待するだけ馬鹿らしいのだ。

『むぅううううううううう！』

シャーロットさんに否定されたせいか、エマちゃんは頬をパンパンに膨らませてシャーロットさんに顔を押し付け始めた。

俺はそんなエマちゃんと、困ったような笑みを浮かべてエマちゃんをなだめているシャーロットさんを眺めながら、《ベネット姉妹は今日も微笑ましいな》と思うのだった。

『――やっぱり、シャーロットさんの手料理はおいしいね』

どうせならということでシャーロットさんが俺の分の朝ご飯も作ってくれたため、俺は厚意に甘えてシャーロットさんお手製の朝ご飯を食べていた。

食卓に並ぶのは、白ご飯に定番のお味噌汁。

そしてほうれん草とベーコンの炒《いた》めものに、秋刀魚《さんま》の梅香味焼き、後は卵チーズ巻きというチーズを卵焼きでくるんでいるようなものがあった。

朝ご飯にしては豪華な気がするが、どれもおいしくて朝から得した気分だ。

『ふふ、お世辞《せじ》を言われましても、もう何も出ませんよ？』

『いや、本当においしいよ。毎日食べたいくらいだ』

『えっ、それって――』

心から思ったことを言うと、なぜかシャーロットさんは俺から顔を背けてしまった。

いったいどうしたのだろう？

なんだか、耳が赤いような気がするけど――。

――クイクイ。

シャーロットさんを見つめていると、俺の膝の上に座っていたエマちゃんが服を引っ張ってきた。

『どうしたの？』

『おにいちゃんがいると、ごはんいっぱい。まいにちおにいちゃんとたべたい』

『エ、エマ！　余計なこと言ったらだめだよ！』

悪意のないエマちゃんの言葉に、シャーロットさんが敏感に反応した。

俺のほうに向き直したシャーロットさんの顔は、恥ずかしさからか真っ赤になっている。

エマちゃんの言葉とシャーロットさんの反応から察するに、どうやら俺がいるから手の込んだ朝ご飯を作ってくれたみたいだ。

どうしよう。

シャーロットさんは他人に料理を振る舞うから気合を入れてくれただけだろうが、俺のためだと思うとやっぱり嬉しい。

『ち、違いますからね？　普段手抜きをしているわけじゃないのですよ？』

『はは、そんなに慌てなくても、わかってるから大丈夫だよ』

『わ、笑ってます……！　本当は心の中でばかにしてるんですね……！』

『してないよ!?』

『むぅ……』

ええ……。

なぜかシャーロットさんが拗ねてしまった。

本当に馬鹿にしてないんだけどな……。

でも、頬を膨らませて子供っぽいシャーロットさんも凄《すご》くかわいい。

こういう一面を見せてくれるようになったということは、打ち解け始めていると思っていいのだろうか？

まだ出会って数日だというのに仲良くなれている気がして、俺は嬉しかった。

『――そういえばもうすぐテストなのですよね？』

食べ終わった食器を洗っていると、同じように隣で洗っていたシャーロットさんがテストの話題を持ち出してきた。

ちなみに今一緒に食器を洗っているのは、毎回彼女一人に洗ってもらうのは申し訳ないと思い、強引に俺が手伝っているからだ。

『そうだね。とはいっても、長期休み明けのテストだから試験範囲は一学期の範囲から出るし、半分くらいは夏休みの課題から出るだろうから、シャーロットさんは免除なんじゃないかな?』

さすがに学校側も、留学してきたばかりのシャーロットさんにテストを受けろとは言わないだろう。

彼女がイギリスで何処《どこ》まで勉強をしていたのかは知らないが、授業スピードや範囲が俺たちと全く一緒ということはありえないからな。

おそらく彼女がテストに参加するのは、中間テストだろう。

『そうですね、今回は免除して頂けました。あっ、そういえば花澤先生から伺《うかが》ったのですが、青柳君は学校で一番勉強ができるそうですね? 私も青柳君に負けないように頑張りませんと』

学校で一番?

確かに学年でならテスト結果のみを見れば一番だが、何をもって学校で一番と美優先生は言ったのだろうか……?

全国学力模試の結果からかもしれないが、勝手に学校で一番とか言うのはやめてほしいな……。

まぁそれはまた今度美優先生に遠回しに言っておくとして、シャーロットさんは凄く勉強に自信がありそうな態度だ。

日本語も流暢《りゅうちょう》でよく知っているし、普段の様子から見てまず間違いなく勉強ができるタイプだろう。

もしかしたら、シャーロットさんは俺の目的にとって一番の邪魔者になるかもしれないな……。

まぁそうなっても、結局俺が頑張るしかないんだ。

たまにいる、他人を蹴落《けお》としてまで上にいこうとする奴にはなりたくない。

たとえ他人が落ちたところで自分が得られるものなんて何もないし、上に人が来る度《たび》に蹴落としていたんじゃあ埒《らち》が明かない。

だから俺はそんな過ちを犯す気はなかった。

『俺もシャーロットさんに負けないよう頑張るよ。まぁただ、テストが終わればすぐに体育祭が待っているし、少しの間忙しいだろうけどね』

『た、体育祭、ですか……？』

ん？

どうしたのだろう？

なにげなしに体育祭の話題を出しただけなのだが、シャーロットさんが俺の顔を見たまま固まってしまった。

『えっと、どうかした？』

『い、いえ、なんでもないです！　……そっか、そういえば日本はイギリスと違って運動にも力を入れているんでしたね……。漫画でも定番ですし……』

シャーロットさんはなんでもないと言ったが、どう見ても何かありそうだ。

後半ブツブツと言った言葉は上手《うま》く聞き取れなかったが、ひょっとして運動が苦手なのか？

俺は気になって少しだけ踏み込もうとするのだが――

『――おにいちゃん、あそぼ？』

暇を持て余したエマちゃんが足にしがみついてきたため、聞くタイミングを逃してしまった。

――ちなみにエマちゃんとは、学校に行くギリギリの時間まで一緒に遊ぶのだった。

第五章「お隣に住む幼女と一緒に暮らす事になった」

『ねぇねぇロッティー。エマ、おにいちゃんとあそぶ』
青柳《あおやぎ》君の看病をした日の夕飯時、エマは頬《ほお》を膨《ふく》らませて私の服を引っ張ってきました。
『だめだよ、エマ？　言ったでしょ、今日は遊びに行ったらだめって』
『むぅ……！　あそぶの……！』
だめと言うと、エマはペチペチと私の足を叩いてきました。
もうすっかり、エマの中では青柳君と遊ぶことが当たり前になっているようです。
優しいお兄ちゃんみたいなので、青柳君に甘えたくて仕方がないのでしょう。
しかし、昨日見た青柳君のお顔には隈《くま》がありました。
そこからわかるのは、青柳君は今寝不足になってしまっているということです。
そしてその原因は、まず間違いなく私たちにあります。
『お願いエマ、今日だけは我慢して？　また明日から遊びに連れていってあげるから』
せめて今日一日はゆっくり青柳君に休んで頂きたい。

そういう思いで、私はエマにお願いをします。

しかし――。

『やぁ！』

どうしても青柳君と遊びたいエマには、聞いてもらえませんでした。

ですが、今日ばかりは引くわけにはいきません。

『そうだ、エマ。猫ちゃんの動画見よ？　ほら、かわいいよ？』

私は青柳君を見習い、エマが大好きな猫ちゃんの動画で気を引こうとします。

青柳君がよく使われる手ですが、エマはいつも猫ちゃんの動画に喰いついていました。

きっと、今だって――。

『ねこちゃんよりおにいちゃんがいい！』

『………』

私の期待は、幼き妹によってあっさりと裏切られました。

いつも青柳君がいる時は青柳君よりもねこちゃんの動画に釘付けになっているのに、随分《ずいぶん》と都合がいい妹です。

ですが、ここで折れるほど私も甘くありません。

『それじゃあお買い物に行こっか？　今日はお菓子いつもよりもたくさん買ってあげるよ？』

エマはお菓子も大好きです。

買ってあげると言えばいつもご機嫌でお買い物についてきます。

今日はその量も沢山《たくさん》ということで、もしかしたら――

『ロッティーのばか！』

――はい、だめでした。

差し出した手をペチッと叩かれた私は、段々と悲しくなってきました。

しかし、まだ諦めるわけにはいきません。

『エマ、今からドミノを――』

『やっ、ロッティーのいじわる！　エマはおにいちゃんとあそぶ！』

私がドミノを見せようとすると、エマはタタタッと玄関に向かって走りだしました。

どうやら強行突破をはかるつもりのようです。

『もう！　なんで言うことを聞いてくれないの！』

このままでは前と同じになると思った私は、急いでエマを追いかけます。

そしてエマがドアの鍵《かぎ》を開けたところでエマを捕まえました。

『やぁ！　ロッティーはなして！』

『だめって言ってるでしょ！　いい加減にして！』

『――っ！』

ビクッ――私が思わず大きな声を出してしまったせいで、びっくりしたエマの体は大きく跳ねてしまいました。

そして驚いたように私の顔を見つめ、そのまま硬直してしまっています。

『あっ、えっと、エマ……?』

我に返った私は、慌てて優しい声で声をかけます。

しかし、エマの目にはみるみる涙が溜まり、口元は震え出しました。

そして——。

『わぁああああん!』

エマは、大きな泣き声をあげました。

『ご、ごめん、エマ!』

『ロッティーのばかぁ! ロッティーなんてきらい!』

『あっ、待って! 外に出ちゃだめ!』

泣き出したエマに戸惑った一瞬を衝《つ》かれ、エマはドアを開けて外に出てしまいました。

私も慌てて外に出ますが、エマが走っている方向を見て血の気が引きます。

『わぁああああん!』

『待ってエマ! そっちはだめ! 階段は危ないから行ったらだめ! あっ、前! 前をちゃんと見て!』

目元を押さえているエマは、階段がすぐそこに迫っていることに気が付いておりません。

それなのに、全力ダッシュをしております。

私は急いでエマを追いかけますが、幼いのに私と違って運動神経がいいエマとの距離は結構開いてしまっていました。

そして――エマが階段に辿《たど》り着くほうが先になってしまい、バランスを崩したのが目に入ります。

エマも階段に行きついてしまったことに気が付いたようで慌ててバランスを取ろうとしますが、グラグラと体が揺れて非常に危険な状態です。

『だめ……！　お願い、時間止まって……！』

このままでは階段から転がり落ちる。

それがわかっている私は手を伸ばしながら時間が止まってくれることを祈りますが、無情にも時間は止まってくれません。

今もエマの体はバランスを失っている最中で、エマは懸命に踏みとどまろうとしていますが振れる幅は広がるばかり。

そして――体は、大きく前に身を出してしまいました。

『だめぇえええええ！』

やめて、エマも私から奪わないで……！

そう願う私でしたが、いよいよエマの両足はどちらとも階段から離れてしまいました。

――しかし、それとほぼ同時にビュンッと何かが私の横を駆け抜けました。

その何かは一瞬にしてエマの元まで辿り着き、落ちようとしていたはずのエマを優しく抱き支えてしまいます。

そして安堵したように溜息を吐き、優しい笑みを私へと向けてこられました。

『ふぅ……間一髪《かんいっぱつ》、だね』

『青柳君……！』

私はエマを助けてくださったのがどなたなのか認識すると、心の底から安堵してしまうのでした。

◆

『ぐすっ……おにいちゃん……』

『よしよし、もう大丈夫だからね』

とりあえずシャーロットさんとエマちゃんを部屋へと入れた俺は、泣いてぐずっているエマちゃんの頭を撫《な》でてあやしていた。

エマちゃんは俺の頬《ほお》に自分の頬をくっつけてきており、まるで縋《すが》ってきているような感じになってしまっている。

『その、本当に助けて頂きありがとうございました……』

『いや、うん……まぁ、ホッとしているよ』

あと一秒でも遅かったら、間に合わなかった。

エマちゃんを助けることができたのは正直かなり運がよかったといえる。

『その、いつもご迷惑をおかけしてごめんなさい……』

どうやらシャーロットさんはかなり精神的にまいっているようで、身を縮めてかしこまっている。

何があったのかはまだ聞けていないのだけど、多分また自分のせいだと思っているんだろう。

『えっ？』

『シャーロットさん、それは違うよ』

俺が笑顔で返すと、シャーロットさんは戸惑った表情で見つめてくる。

まさか、笑顔で返されるとは思わなかったんだろう。

『俺はシャーロットさんやエマちゃんに迷惑をかけられているなんて一度も思ったことがないよ。むしろ、いつも遊びに来てくれて嬉しいと思っているからさ』

『ほ、本当ですか……？』

どうして不安に思われるんだろう？

シャーロットさんやエマちゃんが遊びに来て嬉しいとは思うけれど、迷惑だと思うことは絶対にない。

二人がいると気持ちが安らぐし、話していて幸せを感じるからだ。

『もちろんだよ。シャーロットさんやエマちゃんのおかげで毎日楽しいからね』

『ですが、今日のことだって……』

『う〜ん、えっとね、シャーロットさんは目の前で誰かが危ない目に遭《あ》っていた時、君はその人を助けてそれを迷惑だと思うの？』

『い、いえ、そんなことは絶対にありません……！』

『それと同じだよ。俺だって迷惑だとは思わないんだ』

『あっ……』

優しく諭《さと》すように言うとシャーロットさんは口元に手を当て、その考えはなかった、とでもいうかのような表情で俺の顔を見つめてきた。

どうやら納得をしてもらえたらしい。

『それに、もし何か頼み事をされたとしても、俺は迷惑だとは思わないよ。むしろ嬉しいと思うからね』

『嬉しいのですか……？』

『そうだよ、頼み事をされるってことは頼られている証拠だからね。友達から頼られたら嬉しいじゃないか』

もちろん、こちらをただ利用したいだけの人間なら俺はあっさりと切り捨てる。

だけど、友達として接してくれる相手から頼られるのであれば俺は嬉しいと思うんだ。

『……青柳君って聖人でしょうか？』

『ごめん、普通の人間だね』

俺が聖人とか笑えもしない。

むしろ人によっては、真逆の存在と言われるくらいだろう。

『えっと……それで、何があったのか話してもらえるかな？』

このままだと変な方向に話がずれると思った俺は、本題へと話を移すことにする。

するとエマちゃんは自分の話に入ったと理解したのか、俺から頬を離して涙目で俺の顔を覗《のぞ》きこんできた。

『ロッティーがいじわるするの』

『意地悪？』

『んっ、おにいちゃんとあそんだらだめって』

『あぁ……』

うん、今のやりとりだけで多分理解できた気がする。

昨日のことでシャーロットさんはまた俺に気を遣ってくれたんだろう。

風邪《かぜ》ではなかったと理解してもらえたとはいえ、まだ体調は気にされているような感じがあったしな。

だから今日はゆっくり俺を休ませようと思いエマちゃんに駄目と言ったけれど、何も知らないエマちゃんは納得できずに喧嘩《けんか》になってしまったという感じか。

まだ幼いし、エマちゃんに納得してというのは結構酷《こく》な気もするな。

『ごめんね、エマちゃん。それは俺のせいなんだ』

『おにいちゃんのせい？』

『そうだよ、俺が今日はエマちゃんと遊べないってシャーロットさんに言ったんだ。だからシャーロットさんもエマちゃんに駄目って言ったんだよ』

『青柳君、それは――！』

俺の言葉を聞き、シャーロットさんは慌てて口を開いた。

しかし、俺はそれ以上言わないように目で合図をして、シャーロットさんに話すのを止めてもらった。

今のエマちゃんが納得するのはこの形しかないだろう。

シャーロットさんの性格的にこれは受け入れられないものかもしれないけど、今は丸く収めることが先決だ。

『おにいちゃん、エマのことさらい……？』

俺に遊べないと言われたのがショックだったのか、エマちゃんはウルウルとした瞳で俺の目を見つめてきた。

どうしてそうなるのかな、という疑問はあるけれど、こんなふうに聞かれたら答えないわけにはいかない。

『うん、エマちゃんのことは大好きだよ』

安心してもらえるように、俺はなるべく笑顔を意識してエマちゃんにそう伝える。

すると、エマちゃんは俺の予想を超える言葉を返してきた。

『だったら、エマおにいちゃんのおうちのこになる』

『『……はい？』』

どうしてそんな結論になったんだ？

という思いがある俺とシャーロットさんは、思わず二人して首を傾《かし》げてしまった。

結構自分の世界を展開する子ではあるけれど、さすがにこれはまずいだろう。

『エマちゃん、それは無理な話だよ』

『なんで……？』

いや、なんでも何も、法律やら世間的やらの問題で無理だ。

しかし、この辺をエマちゃんに説明したところできっと納得はしない。

さて、困ったぞ……。

『………』

どう答えるのがいいのか、そんなふうに考えているとエマちゃんの目に涙がどんどん溜まっていく。

今にも泣きだしそうだ。

『えっと、どうしてそうしたいの？』

『ロッティーやだ。おにいちゃんがいい』

『………えっと、今日のことはシャーロットさんが悪いんじゃないんだよ？　俺が悪いんだ』

『ロッティーこわい。おにいちゃんがいい』

あれ、これもしかしたら俺が思っているより問題は根深いのか？

そういえば、そもそも俺と遊んだら駄目と言われただけで、エマちゃんが泣きながら家から飛び出すとも思えない。

シャーロットさん、今回かなり厳しく叱《しか》ったのかな？

俺はエマちゃんの頭を撫でてあやしながら、シャーロットさんへと視線を向ける。

すると、彼女はかなり申し訳なさそうな表情で口を開いた。

『ごめんなさい。今回思わず大きな声を出してしまったので、それでエマを怯《おび》えさせてしまったと思います』

どうやら大体想像通りだったみたいだ。

とはいえ、シャーロットさんがそんなに厳しい怒り方をするとは思えないけれど。

普段優しいシャーロットさんが大声を出したからエマちゃんは驚いてしまった、というレベルじゃないのかな？

まぁでも、となるとちょっとややこしい状況だ。

エマちゃんは思い込みが強いから、ここまで意固地《いこじ》になられると説得するのは容易じゃない。

本当にどう話したらエマちゃんを説得できるだろうか……。

「あ、あの、青柳君……」

「ん？　どうしたの？」

なぜか彼女は日本語で話しかけてきたため、俺も日本語で返事をする。

すると、彼女は意を決したように真剣な表情で俺の顔を見つめてきた。

「その……もしよろしければ、少しの間エマをお預かり頂けませんか？」

「えっ、本気で言ってるの……？」

まさか、シャーロットさんがこんなお願いをしてくるとは思わなかった。

断固として拒否すると思っていたのに、いったい何を考えているのだろうか。

「きっと、このまま無理矢理連れて帰ってしまいますとエマは納得しないと思うんです。それに今回は私が悪いのも事実で……ですから、一度エマの自由にさせてあげたいと思います」

責任を取ろうとしている、という感じなのだろうか？

エマちゃんが階段から落ちそうになったからか、シャーロットさんはかなり負い目を感じているらしい。

「シャーロットさんがそこまで思い詰めることじゃないよ？　エマちゃんだって、時間が経てば落ち着くと思うし」

俺は腕の中にいるエマちゃんへと視線を落とす。

エマちゃんは俺たちが日本語で話し始めたからか、不服そうにシャーロットさんの顔を見つめている。

多分、エマちゃんの我儘《わまま》を聞かないようにシャーロットさんが俺を説得しようとしている、と勘違いしているんだろう。

今までのことがあるし、まさか真逆の説得をしているとは思わないだろうな。

「いえ、やはりエマが望んでいる以上は……させてあげたいです」

「なるほど……」

「その代わりといってはなんですが、食事はお作りさせて頂ければと……。おそらく、青柳君がいる場所では私がいてもエマは嫌がらないと思いますし……」

「それは、むしろやって頂けるならありがたいけど……」

「ありがとうございます。それと、お風呂なのですが……」

「お風呂!?」

「はい、さすがにそれは青柳君にお任せするわけにはいかず……。どうにか、お風呂の時だけは家に連れて帰ろうと思います」

いきなりお風呂の話を切り出してくるから何かと思ったら、至極《しごく》当然の内容だった。

いくらエマちゃんが幼いとはいえ、同級生の男子と一緒にお風呂へ入れるのは少なからず不安を覚えるものだ。

それにエマちゃんだって、さすがにお風呂まで俺と一緒に入るとは言わないだろうし。

――と、この時思った俺だったのが、この幼女は俺たちの想像を超えていた。

『――やっ！　エマはおにいちゃんとはいる！』

シャーロットさんお手製のご飯を食べ、これからお風呂に入ろうというタイミングになってエマちゃんが急に駄々をこね始めた。

どうしてもお家に帰りたくないらしい。

『お風呂入ったらちゃんとまた青柳君のおうちに連れてきてあげるから……！』

『やだっ！　ロッティーおこるもん！』

どうやら、二人きりになったら、シャーロットさんに怒られるとエマちゃんは思っているようだ。

だから二人きりになる家には帰りたくないのだろう。

『怒らないから……！』

『おこる……！』

シャーロットさんは怒らないとアピールするが、残念なことにエマちゃんには納得してもらえていない。

この平行線とも思える言い合いは、優に三十分にも及んだ。

そして——。

『わ、わかった、それなら青柳君のお家で一緒に入ろ？　それで、青柳君が服を脱ぐところで待っててくれたら問題ないよね？』

心が折れたらしきシャーロットさんが、とんでもないことを言い始めた。

いったい何が問題ないのか。

むしろ問題のオンパレードな気がしてならないんだけど……？

『シャ、シャーロットさん……？　少し落ち着こうか……？』

『ごめんなさい、青柳君……。こうでも言わないと、この子青柳君と入るって聞きませんので……』

いや、だからってそこまでする必要はあるのだろうか？

シャーロットさんはムキになってて冷静な判断ができてないと思う。

脱衣所で俺に待機するように言うなんて……これは、襲われても文句を言えないような状況じゃないのか……？

『声が届くところに青柳君がいてくれたら安心だよね？』

『……』

シャーロットさんはエマちゃんを納得させるために優しい声で話しかける。

すると、エマちゃんはジッと俺の顔を見つめてきた。

多分、頭の中で考え事をしているのだろう。

俺はエマちゃんが考えている間に、もう一度シャーロットさんを説得しようと思った。

『あの、自分で言うのもなんだけど、シャーロットさん危ないよ？　だって、脱衣所に俺がいるってことは……』

『普通の男性だと危ないかと思いますが、大丈夫です。青柳君は信用できますので』

そ、そんな信用をされても困るんだけど。

俺だって男なわけだし、ましてやシャーロットさんのような凄《すご》くかわいい女の子が傍でお風呂に入っていたとしたら我慢ができる自信がない。

それに、俺がお風呂を覗《のぞ》かなくても脱衣所には当然脱いだ服があるわけだし……。

『そ、その……できれば、脱いだものは漁《あさ》らないで頂けますと……』

表情に出てしまったのか、シャーロットさんは急に顔を真っ赤にしてモジモジと恥ずかしそうに上目遣いで言ってきた。

うん、さすがに信者みたいな絶対的な信用を得ているわけじゃないらしい。

だけど同時に、そのリスクを冒しても大丈夫な相手だと思われていることもわかる。

『あ、漁らないよ……！　も、もちろん、覗いたりもしないし……！』

『はい、信じてます……』

恥ずかしそうにしながらもシャーロットさんは笑顔を俺に向けてくれた。

はにかんだ笑顔はかわいくて、それだけで心を持っていかれそうになる。

こんな笑顔を向けられるのなら、絶対裏切るわけにはいかないと思った。

『――んっ、おふろ、いく』

そしてエマちゃんの考えもまとまったようで、シャーロットさんが出した案に全員が乗ることになった。

◆

『――わぁああああああん！　めにはいったぁああああああ！』

『目をちゃんとつむらないからだよ！　ほら、お水でちゃんと目を洗って……！』

ドア越しに聞こえてくるベネット姉妹のやりとり。

今はどうやらエマちゃんの目にシャンプーかリンスが入ってしまったようだ。

現在俺は脱衣所に座っており、彼女たちのお風呂が終わるのを待っていた。

すぐ近くにはビニール袋に入れられたシャーロットさんたちの服がある。

服を脱ぐ以上裸で廊下《ろうか》に出るわけにもいかないから脱衣所に置くしかないのはわかるけど、まさかこんなにも無防備に置いてあるとは思わなかった。

もちろん、彼女の信用を裏切るわけにはいかないので中身は漁らないが。

『おにいちゃん、ロッティーがいじめる……！』

『シャンプーが目に入ったのはエマが目を開けてたからだよね!?　私のせいにしたらだめだよ!?』

なんだろう、中はなんだか楽しそうだな。

思わず視線を向けたくなるけれど、現在彼女たちは体を洗っているので、すりガラスのドアでは彼女たちのシルエットが見えてしまう。

しかも、肌色付きで。

さすがに彼女の信用を裏切るわけにはいかないので、視線を向けることはできない。

『エマちゃん、大丈夫だよ。目をちゃんと洗おうね』

俺は自分の心を制しながら、なるべく明るい声でエマちゃんに答えた。

その後は少ししてお湯に浸かる音が聞こえてくる。

そして、中から俺に向けて声が聞こえてきた。

『おにいちゃん、はいってこないの？』

それは、純真無垢《じゅんしんむく》なエマちゃんからのお誘い。

そう、俺の心を強く揺さぶる悪魔のようなお誘いだ。

『だ、だめですよ!? 入ってきてはだめですからね!?』

当然今入ってこられると困るシャーロットさんは、大慌てで俺を止めようとしてくる。

もちろん、俺だって入ることはできない。

いや、正直言えば入れるのなら入りたいけれど、それで彼女を悲しませるのなら入るわけにはいかないのだ。

『ロッティー、おにいちゃんをなかまはずれにしてる……!』

『そういう問題じゃないの！ だって今、裸なんだよ!?』

『…………？ おふろは、はだかではいるよ？』

『そうだけど、そうじゃないの！ 私たちは女の子で、青柳君は男の子なの……！』

『…………？ ロッティーいってることわかんない。ロッティーおかしい』

どうやらシャーロットさんは懸命にエマちゃんを説得しようとしているけど、幼いエマちゃんには男女の問題がまだわからないようで話が噛《か》み合っていない。

元々シャーロットさんに対して不満を覚えていたのもあり、また言い合いが始まりそうな雰《ふん》囲気《いき》だ。

『ごめんね、エマちゃん。俺はそっちに行けないんだ』

『なんで……？』

『俺は男だから、結婚している女の子としかお風呂には入れないんだよ』

結婚と言って伝わるかは疑問だったけれど、意外とこの年頃で知っている子は多い。

そう思って言ったのだけど――。

『だったら、エマおにいちゃんとけっこんする！』

エマちゃんは、更に予想を超える返事をしてきた。

まぁさすがに、幼いからよく考えずに言っているのだろうけど。

『う～ん、それは無理かな』

『なんで……？　おにいちゃん、エマきらい……？』

『ち、違うよ！　ただ、結婚は大人になってからじゃないとできないから……！』

ドア越しでもエマちゃんが泣きそうになっているのが声からわかり、俺は慌てて理由を説明する。

すると、今度はエマちゃんから明るい声が返ってきた。

『だったら、エマおとなになったらおにいちゃんとけっこんする！』

もう完全にお風呂に入る云々《うんぬん》の話からはずれてしまっているけれど、エマちゃんはとてもかわいいことを言ってくれた。

幼い子は本当にこういうことをすぐに口にするな。

『あはは、そうだね。もし大人になっても、エマちゃんの気持ちが変わっていなかったらその時は――』

「青柳君、それはだめです」

「シャーロットさん……？」

エマちゃんの言葉を軽く受け止めようとしていたら、真剣な声でシャーロットさんが俺が話すのを止めてきた。

しかも日本語ということは、エマちゃんに聞かせられない内容らしい。

あれ、俺まずいことを言ったか……？

「それはフラグなのですよ」

「フ、フラグ……？」

「漫画ではよく主人公が幼い子相手に軽い気持ちで結婚を約束するのですが、十年ほど経って主人公が忘れた頃にその幼かった子が結婚の約束を果たしにくるのです……！　ラブコメの王道パターンなのですよ……！　しかもその頃には主人公には彼女さんがいて、どうしたらいいか困るところまでがセットなのです……！」

やはりシャーロットさんは漫画が大好きなようで、凄く熱が入ったように力説をしてくれた。

どうやら俺がここで約束をしてしまうと、将来エマちゃんが結婚の約束を果たしに来るということを言いたいらしい。

「え、えっと、それは漫画の話だよね？　実際は幼い子がそこまで覚えているとは思えないけど……」

「幼くても女の子は大切な約束をちゃんと覚えているのです……！　それに毎日約束を思い返していれば、覚えていますよ……！」

た、確かにそう言われてみればそんな気がする。

成長すれば気持ちなんて変わる気もするけれど、安易に言っていい言葉ではなかった。

俺だって、幼い頃にした大切な約束は今でも覚えているわけだし。

しかし、こうなってくれば当然――。

『ロッティー、またエマにいじわるしてる……！』

日本語がわからなくても、シャーロットさんが自分の邪魔をしているんだということはエマちゃんにもわかる。

そのせいで、エマちゃんはまた怒り始めてしまった。

『エマ、これはいじわるじゃないんだよ？　大切なことなの』

『もうロッティーやだ！　おにいちゃんがいい！』

『えっ、何してるの!?　待って、それはだめ！』

急に聞こえてきたシャーロットさんの切羽詰《せっぱつ》まった声。

駄目だとわかっていたはずなのに、俺はその声で反射的にお風呂場のほうを見てしまった。

すると――。

『おにいちゃん……！』

一糸《いっし》まとわない姿のエマちゃんが、お風呂場のドアを開けて飛び出してきた。

そして全身濡らした状態で俺に抱き着いてくる。

その後ろにはエマちゃんを止めようとしていたんだろう。

同じ格好をしたシャーロットさんが俺たちを見つめながら固まっていた。

そう――同じ格好をした、だ。

出るところは出て、引っ込むところはきっちり引っ込んでいるスタイルのいい体。

染み一つなく、きめ細やかで綺麗《きれい》な肌を全て晒《さら》すシャーロットさんの目には段々と涙が溜まっていく。

そしてほんのりと赤くなっていた肌は、みるみるうちに真っ赤に染まっていった。

『あっ、これは、その、あの……』

時間が経つのも忘れて見入ってしまっていると、シャーロットさんはブルブルと体を震わせて言葉を紡《つむ》ごうとする。

『〜〜〜〜っ！』

しかし、この状況で発する言葉はなかったのか、ビシッとお風呂場のドアを閉めてしまった。

『ロッティー、どうしたの？』

俺の腕の中では、今しがた抱き着いてきたエマちゃんが不思議そうな顔をしてお風呂場のドアを見つめている。

自分がしてしまった罪の重さを理解していないようだ。

うん、本当にこの後どうしたらいいんだよ……。

――とりあえず俺は、もう仕方がないと割り切って風邪《かぜ》を引かないようにエマちゃんの体を拭いてあげ、その後はシャーロットさんがお風呂から出てくるのを居間で待つのだった。

「――もう、お嫁にいけません……」

そんな定番の言葉を言うのは、当然先程裸を俺に見られてしまったシャーロットさんだ。

服を着た彼女は現在顔を真っ赤にした涙目で俺の前に座っており、居心地が悪そうに体をモジモジと揺らしていた。

俺も俺で彼女の裸を見てしまった後ろめたさがあり、彼女の顔を直視できない。

本当に、とんでもないことになったものだ。

『…………』

エマちゃんも今のシャーロットさんの様子を見て、自分が悪いことをしたんだと理解しているのだろう。

シャーロットさんと目を合わせないように俺のほうを向いて抱き着いているが、チラチラとシャーロットさんの顔を盗み見ていた。

そしてその後は俺の顔色を窺《うかが》ってき、不安そうな表情を見せる。

シャーロットさんに怒られると思って不安がっているのかもしれない。

今のシャーロットさんは恥ずかしさのほうが完全に勝っているのでエマちゃんを怒るようには思えないが、そんなことは幼いエマちゃんにはわからないんだろう。

とりあえずこのまま怯《おび》えさせておくわけにもいかないので、俺は優しくエマちゃんの頭を撫《な》でてあやすことにした。

「その……みっともないものをお見せしてごめんなさい……」

「い、いやいや、みっともないものなんてとんでもない……！」

むしろとても素晴らしかったです。

そんなエロおやじみたいな言葉は当然のみこんだけれど、少なくともシャーロットさんに謝られるようなものではない。

というか、謝らないといけないのは俺のほうじゃないだろうか……？

「俺こそごめん、お風呂場のほうに視線を向けてて……」

もしかしたら、シャーロットさんにはお風呂に入った時からずっと見ていたと思われたかもしれない。

俺が見たのはシャーロットさんの切羽詰まった声が聞こえたからなんだけど、ここでそんな説明をしても言い訳にしか聞こえないだろう。

それに見てしまったのは事実なんだから、責められるのであれば甘んじて受け入れるべきだ。

しかし、彼女は恥ずかしそうにしながらも首を左右に振った。

「いえ、私が慌ててあんな声を出したのが原因ですから……」

どうやらシャーロットさんはわかってくれているらしい。

そのことに俺は内心安堵《あんど》し、同時にやっぱりシャーロットさんは優しい子だと思った。

今回の件に関しては正直原因は全てエマちゃんにあるといえる。

エマちゃんが勝手にドアを開けようとしたから、俺がまだ脱衣所にいるのを知っていたシャーロットさんは慌てた声を出したんだ。

それなのにシャーロットさんは、一切エマちゃんに対してそのことを責める素振りはない。

恥ずかしさで頭が回っていないというよりも、そもそもエマちゃんのせいだと思っていないんだろう。

本当に思考が優しい女の子だ。

「えっと、とりあえず今日のことは忘れるようにするよ」

忘れられる自信は全くないけれど、こうでも言っておかないとシャーロットさんは居心地が悪くて仕方がないだろう。

「あ、ありがとうございます……。そ、それでは私は帰りますけど……」

裸を見られたので、もう今日は帰りたいんだろう。

いつもよりもまだ早い時間だけど、シャーロットさんは帰るために腰を上げた。

しかし彼女は玄関に向かうのではなく、なぜか俺たちに近付いてきた。

そして腰をかがめ、エマちゃんの顔を覗《のぞ》き込む。

すると、エマちゃんは即座にシャーロットさんから顔を背けてしまった。

どうやらこっちの問題はまだ解決しなさそうだ。

『エマ、私帰るけど本当におうちに帰らないの？』

顔を背けられたのでシャーロットさんは寂しそうな表情を浮かべるが、優しい声でエマちゃんへと声をかける。

それに対してエマちゃんは顔を合わせないまま顔を左右に振って拒絶を示した。

『そっか、わかった。ごめんなさい、青柳君。それではエマのことをお願いしますね』

『あっ、うん、わかったよ』

『では、私はこれで』

『見送るよ』

『ありがとうございます』

シャーロットさんは笑顔でお礼を言ってきたが、その笑顔には力がない。

今日一日いろいろとあったし、精神的にきているのだろう。

普段子育てで疲れているのもあるだろうから、今日は一人でゆっくり休んでもらったほうがよさそうだ。

『おやすみなさい、青柳君、エマ』

『おやすみ、シャーロットさん』

『んっ』

おやすみの挨拶《あいさつ》を交わし、俺はシャーロットさんが家の中に入るのを見届けた。

そして視線を腕の中へと落とすと、先程までは俺の胸に顔を押し付けるようにしていたエマちゃんが、不安そうな表情でシャーロットさんが入ったドアを見つめていることに気がつく。

……うん、どうやら思ったよりもややこしい状況ではないようだ。

『エマちゃん、猫の動画を見よっか？』

『んっ……』

声をかけると、エマちゃんはあまり乗り気ではない様子で頷《うなず》いた。

いつもなら凄《すご》く喰いつく猫の動画にもこの様子。

本当ならこのまま寝させるほうがよさそうだけど、そうなれば俺も一緒に寝るようにしないとエマちゃんは納得しないだろう。

だから、俺が風呂に入る間は猫の動画で待ってもらって、その後この子のケアをしようと思った。

◆

『それじゃあ寝ようか？』

お風呂から上がった後、俺は大人しく猫の動画を見ていたエマちゃんに声をかけた。

正直、一緒に入ると駄々をこねられることを覚悟していたけれど、シャーロットさんの件を引きずっているのかちゃんとおとなしくしてくれていた。

『んっ、だっこ』

エマちゃんはスマホを持ちながら大きく両手を開いて抱っこをおねだりしてくる。

俺は落とさないようにしっかりと体に手を回しながらも、優しい力を意識してエマちゃんを抱き上げた。

そのまま、あらかじめ敷いていたお布団へと寝かせてあげる。

『スマホはもう置いておこうね』

『んっ』

今日は本当に素直で、エマちゃんはあっさりとスマホを俺に返してくれた。

いつもならまだ猫の動画を見ていたいと駄々をこねるところだけど、エマちゃんなりに色々と考えているんだろう。

俺は受け取ったスマホを充電器に挿し、エマちゃんが待つ布団へと入った。

すると、エマちゃんはすぐさまギュッとしがみついてくる。

相変わらずの甘えん坊のようだ。

しかし、今日はいつもと雰囲気《ふんいき》が違う。

いつもの甘えたいアピール全開の表情ではなく、不安を抱いた縋《すが》るような表情でエマちゃんが抱き着いてきたのだ。

『どうしたの？』

『エマ、ロッティーにきらわれた……？』

正直言って驚いた。

気にしていることは表情からわかっていたけれど、あの反抗的な態度からまさかこう切り出してくるとは思わなかったのだ。

もしかしたらシャーロットさんがいたから素直になれなかっただけかもしれない。

『大丈夫だよ、シャーロットさんはエマちゃんのことが大好きだからね』

『ほんと……？』

『本当だよ』

シャーロットさんがエマちゃんを大好きだなんてこと、見ていればすぐにわかる。

今日だって怒っていたとはいっても、それは教育的な意味で怒っていただけであの子自身がエマちゃんを嫌に思って怒ったわけじゃない。

むしろ、大切に思っているからこそ怒ったんだ。

その気持ちのすれ違いが起きていることは残念だと思うけれど、その辺は難しい問題なんだろう。

『エマちゃんはそう感じなかった?』

『ロッティー、ないてた……』

あぁ、お風呂上がりのシャーロットさんが涙目になってたから、自分が嫌われるようなことをしたと思い込んでいるのか。

『大丈夫だよ、シャーロットさんはあんなことでエマちゃんを嫌いにならないから』

あんなことって言えるレベルじゃないけれど、エマちゃんを安心させるにはこう言うしかない。

もちろん、シャーロットさんがエマちゃんを嫌いになっていないのは事実だけど。

『でも、おこってた……』

それはまた、違うような……。

もしかして、不安になりすぎて記憶が前後してるのかな?

それとも、一つ目の心配がクリアされたことによって二つ目の心配が出てきたという感じだろうか?

まぁどちらにせよ、俺が言えることは一つだけだ。

『絶対にシャーロットさんはエマちゃんを嫌いになってないよ。俺の言うことだと信じられないかな？』

『うぅん、しんじる』

『そっか、ありがとう』

『んっ！』

信じてくれたことにお礼を言うと、エマちゃんはかわいらしい笑みを浮かべて頷いた。

どうやらいつもの元気を取り戻してくれたようだ。

だったら、もう一歩踏み込んでみよう。

『でも、エマちゃんがシャーロットさんを困らせたのも本当だよね？』

『んっ……』

これは否定されるかと思ったけれど、エマちゃんはちゃんと自覚していたらしい。

となると、やっぱりシャーロットさんにはムキになって反抗していただけのようだ。

『だったら、明日俺と一緒にシャーロットさんに謝ろうか？』

悪いことをしたらちゃんと謝る。

その考えを持っていてほしいという気持ちから、俺はこの話を持ち出した。

これならシャーロットさんもエマちゃんと仲直りしやすいだろう。

前にエマちゃんはちゃんと謝ることができたし、これで全てがうまくいく。

——そう思ったのがシャーロットさんの言うフラグというのになったのか、この後エマちゃんは俺の予想とは真逆の答えを返してきた。

『や……』

『えっ、どうして……？』

この調子ならトントン拍子でうまくいく。

そう思っていたのに何が気に入らなかったんだろう……？

『エマ、ロッティーをおこらせた……』

『えっと、そうだね？　だからこそ謝ろうよ』

エマちゃんが何を考えているのかはわからないけれど、怒らせたんなら逆に謝ったほうがいい。

それなのにどうして謝ることが嫌なんだろう……？

『あやまるのこわい……』

あっ、そういうことか……。

これはあれだ、自分が悪いことをしたと認めてもなかなか謝ることができないのと似た気持ちなんだ。

きっとエマちゃんは今、謝るのが嫌なんじゃなくてシャーロットさんと向き合うことを恐れている。

先程シャーロットさんはエマちゃんが大好きだってことで納得してくれたけど、シャーロットさんと話して聞いたわけじゃないから向き合うのが怖いんだろう。

しかし、そうなるとちょっと厄介《やっかい》だな……。

『大丈夫だよ、シャーロットさんなら許してくれるから』

『やっ』

どうにか説得しようとするけれど、エマちゃんはブンブンと首を横に振っていやいやアピールをした。

こうなってしまうと頑固な子だということは、出会ってからほぼ毎日一緒にいるので理解している。

素直に謝るように言ってもなかなか納得はしてくれないだろう。

となると、どうやったらエマちゃんが納得するか――。

正直、嫌がる子を無理矢理謝らせても意味がないのではないか、という疑問はある。

ましてや相手はシャーロットさんのわけで、謝らなくても勝手に許してくれているだろう。

しかし、エマちゃんが嫌がっている理由はシャーロットさんと向き合うことを恐れているからだ。

となれば、このままエマちゃんがシャーロットさんと前のように仲良くするのは難しいんじゃないだろうか。

だから、謝ることで仲直りのキッカケにしてほしかった。

そのために、俺はエマちゃんが謝れるような方法がないかを模索する。

そして――。

『ねぇ、エマちゃん。これだったら謝れるかな？』

俺は考え出した案を、エマちゃんへと持ち掛けてみた。

エマちゃんは不思議そうに首を傾《かし》げながら、俺の話を聞いてくれる。

そして何をしたいか理解すると――。

『んっ、やる……！』

凄くやる気を出してくれた。

『できるかな？』

『んっ！』

『そっか、よかったよ。じゃあ明日必要なものを買いに行って、それから作ろうね』

『んっ、がんばる……！』

正直このやり方だとエマちゃんが嫌がる可能性も十分に考えられたが、ここまでやる気になってくれたのなら心配はいらないだろう。

後は、俺のほうでエマちゃんが投げ出さないようにモチベーションを維持させるだけだ。

幸い明日は休みだから時間はたくさんあるしな。

『それじゃあ今日はもう寝ようね』

明日頑張ってもらうためにも、今日のところはもう休んでもらう。

優しく頭を撫《な》でていると、エマちゃんはすぐにウトウトとし始めた。

『まだ……おにい……ちゃんと……おはなし……する……』

『明日もたくさん話そうね。今は寝よう』

『んっ……』

眠たそうにしていたエマちゃんは完全に目を閉じてしまう。

そして、数十秒後にはかわいらしい寝息が聞こえてきた。

『おやすみ、エマちゃん』

俺はエマちゃんの眠りが深くなるのを待ち、もう大丈夫だと思うと布団から抜け出した。

その後は、明日に向けてもろもろの確認を行う。

「場所はこの部屋の荷物をよければいけるかな。あとは二色用意して、配置をちゃんと考えないと――」

絶対に失敗しないよう、俺は明日のために念入りに計画を立てるのだった。

◆

次の日――太陽が沈み始めた頃、俺はシャーロットさんを呼びに行っていた。

「本当にごめんなさい……。昨日だけではなく、今日もエマを青柳君におまかせしてしまって……」

「いや、いいよ。今日連絡を入れたのは俺なんだしね」

朝になって、エマちゃんを今日も預からせてほしいと連絡したのは俺だ。

もちろん、準備をするための時間がほしかったのだけど、シャーロットさんはそのことを知らない。

おそらくエマちゃんが駄々をこねて俺が連絡してきたと思っているんだろう。

サプライズでやりたいから、今は勘違いしてくれているほうが都合がいいのだけど。

「それで、エマは……」

「今は俺の部屋で一人で遊んでるよ」

「ご迷惑をおかけしませんでしたか……？」

「まさか。いつも通りとてもかわいかったよ」

まぁ、大変だったといえば大変だったけど。

途中で大泣きされて暴れ回られたし、なかなかうまくいかなかったからな。

おかげでこんな時間になったわけだし……。

でも、なんだかんだいって楽しかった。

やっぱり、エマちゃんはかわいくて仕方がない。

「それならよかったのですが……」

「うん」

俺は廊下《ろうか》でシャーロットさんと話しながら、彼女の様子を観察していた。

どうやら、シャーロットさんは昨日のことをあまり引きずっていないようだ。

正直裸を見てしまったわけだから一日だと厳しいかと思ったが、ちゃんと会ってくれたので内心ホッとしている。

「エマ、私を許してくれるでしょうか……？」

「……大丈夫だよ」

「今の間はなんですか……？　やっぱり、エマは私のことを嫌って……」

「ち、違う違うそうじゃないから！　エマちゃんに限ってそんなことはありえないから！」

俺の返事が遅れたのは、シャーロットさんが切り出してきた言葉に驚いたからだ。

まさかシャーロットさんもこんなふうに思っているとは思わなかった。

しかし、よく考えるとエマちゃんにあんな態度を取られていればシャーロットさんがこう捉えていてもおかしくないのか。

エマちゃんのことばかり気にしていたので、シャーロットさんに対するケアが全然できていなかったと今更になって気が付いた。

とはいえ、相手に嫌われたと思い込む当たり、シャーロットさんたちはやはり姉妹なのだろう。

「でも、怒ってますよね……？」

「それも大丈夫だよ。とりあえず、その辺は直接話してみようよ」

このままではシャーロットさんのほうもややこしく話がこじれる。

それを察した俺はさっさと計画を実行に移すことにした。

何より、あまり遅くなってしまうと折角《せっかく》準備したものがパーになってしまう可能性があるので、正直急ぎたい。

――というか、エマちゃんが俺の部屋に泊まったというのに、シャーロットさんたちの親からは何もなかったな。

シャーロットさんが説得してくれたのだろうか？

いや、そもそもシャーロットさんの部屋に親はいたのかな？

なんとなくだけど、シャーロットさん以外人がいるような気配はしなかったけど……。

「青柳君？　どうかされましたか……？」

「えっ？　あっ、いや……エマちゃん、寝てたらどうしようかなって思っただけだよ」

「あ～ありえますね……。あの子、暇になるとすぐに寝ちゃいますから……。むしろ、青柳君についてこずにお部屋に残っていたっていうのに驚きました。やはり、それだけ私と顔を合わせたくないってことなのでは……」

予想通り、話が続いた途端シャーロットさんは悪いほうへと考えを進め始めた。

この姉妹、一度思ったら無理矢理話を繋《つな》げようとする節があるな。

全く……お互い大切に思っているはずなのに、酷《ひど》いすれ違いもあったものだ。

「大丈夫だってば。ほら、中に入ろう」

このままでは更にシャーロットさんがネガティブになると思い、俺はさっさと部屋のドアを開ける。

そして中に入ると、シャーロットさんは重たい足取りで後ろをついてきた。

俺はそのまま、いつもとは違う部屋へと彼女を誘導する。

「あれ、今日は居間ではないのですか……？」

「うん、ちょっとこっちの部屋で話したいなって……」

「ま、まさか、このままお布団の中に……」

「えっ？」

「そ、そうですよね、青柳君も男の子ですからやはり昨日あんなものを見てしまえばこういうお考えになるのも仕方ないといいますか……。で、ですが、お、お付き合いもしていませんし、まだ夜とは呼べない時間帯ですし、何よりエマが近くにいる状態でこんなのは……。そ、そもそも、私はそんなおつもりでお見せしたわけではなくてあれは事故ですし、気持ちなんて固まっていなくて……」

うん、この子は早口で一人何を言ってるんだろう？

ボソボソと言っているからうまく聞き取れないけど、何やら顔を赤く染めて恥ずかしそうにチラチラと俺の顔を見てきている。

いや、これ……なんか、とんでもない勘違いをしていないか……？

「あ、あの、一応言っておくけど、話がしたいだけだからね？」

「──っ!? も、もしかして、聞こえましたか……？」

「いや、聞こえなかったけど、なんだか変な心配をしているんじゃないかなって……」

「〜〜〜〜〜っ！」

頬《ほお》を指で掻《か》きながら苦笑いで返すと、なんだかシャーロットさんは顔を両手で覆《おお》って悶《もだ》え始めた。

うん、いったいなんの想像をしていたんだ、この子は……。

「わ、忘れてください……」

「う、うん、聞き取れたわけじゃないから、シャーロットさんもそこまで気にしなくていいと思うよ」

こんな反応をされると、むしろ何を言っていたのか聞いてみたい気持ちが湧きあがってくるけれど、多分シャーロットさんの傷口を抉《えぐ》りそうなので我慢することにした。

そしてその代わりに、俺はゆっくりと部屋のドアを開ける。

するとーー。

『ロッティー……』

ドアの向こう側では、エマちゃんが待ち構えていた。

『エマ……？　それに、これは……ドミノ……？』

いるとは思っていなかった妹と、部屋に並べてある大量の板を前にしたシャーロットさんは戸惑った声を出した。

そう、俺が今回考えた計画に使用するのは、このドミノなのだ。

『エマちゃん、いいよ』

『んっ……！』

俺が合図すると、エマちゃんは引き金となる先頭のピースを勢いよく倒した。

すると、それによって連鎖が生まれ、次々とピースは倒れていく。

そしてーーある文字が浮かび上がってきた。

「I’m　sorry……」

無意識か、それとも意識してかはわからないけど、シャーロットさんはドミノで浮かび上がってきた文字を声に出して読み上げた。

きっと、これで彼女に俺たちの思いが伝わっただろう。

今回俺たちは、白と黒のドミノを使って謝罪文を作ったのだ。

エマちゃんが正面から謝れないのなら、別のやり方を用意してあげればいい。キッカケさえあれば、この子は謝ることができる子なんだから。

『これは……青柳君がされたのでしょうか？』

『考えたのは俺だけど、作ったのはエマちゃんだよ。全部、一人で並べたんだ』

『エマはドミノを並べるのは嫌がるはずですが……』

『それでも、エマちゃんは一人で並べたよ。その意味をシャーロットさんはわかってくれるよね？』

『………………』

シャーロットさんは黙ってエマちゃんへと視線を向ける。

視線を向けられたエマちゃんは俺の後ろに隠れてしまうが、顔だけを出して不安そうにシャーロットさんの顔を見上げた。

これでシャーロットさんが許してくれるかどうかを窺《うかが》っているようだ。

『私……お姉ちゃん失格ですね』

『どうしてそうなるの？』

『今回の件、私が悪かったんです。青柳君に迷惑をかけないことばかり考えて、エマの気持ちを全然考えていませんでした。その上、気持ちが伝わらないのでエマに大きな声をあげてしまって、怯《おび》えさせてしまったんですよ。それなのに……エマのほうから謝らせてしまうだなんて

『……本当にだめだめです……』

『シャーロットさん、それは違うよ』

『えっ……？』

シャーロットさんは戸惑ったように視線を俺に向けてくる。

俺は彼女の視線を受け止めながら、後ろに隠れてしまったエマちゃんに手を伸ばして抱きかかえた。

『シャーロットさんがどれだけ大きな声を出したかはわからないけど、俺からすればシャーロットさんはエマちゃんが立派な大人になれるように頑張っているようにしか見えないよ。それは、エマちゃんも理解してくれているんだ。ね、エマちゃん？』

『んっ……』

エマちゃんは同意するようにコクリと頷《うなず》いてくれた。

まだシャーロットさんの様子を窺っているようだけど、こっちはもうあまり心配はいらないだろう。

問題は、シャーロットさんのほうだ。

『エマちゃんはちゃんとシャーロットさんの気持ちを理解してくれている。だから、今回謝ることにしたんだよ』

『そうなのですね……』

『うん、そうだよ。何回失敗してもエマちゃんはチャレンジし続けた。それは、シャーロットさんに謝りたかったからなんだ。もしそれで納得してもらえないんだったら、お互い謝るという形でどうかな？』

『……そうですね、その通りだと思います』

シャーロットさんは俺の言葉に対して頷くと、俺たちに手を伸ばしてくる。

手が伸びてきたのでエマちゃんは目を瞑《つむ》るが、シャーロットさんはエマちゃんの頭へと優しく手を置いた。

『私こそごめんね、エマ。これからはもっとエマのことも考えるから私のことも許してくれるかな？』

『……んっ、エマも、ごめんなさい……』

先にシャーロットさんが謝ってきたからだろう。

直接謝るのを嫌がっていたエマちゃんも、自分から謝った。

それによってシャーロットさんはギュッとエマちゃんを抱きしめる。

どうやら、ベネット姉妹のわだかまりはなくなったようだ。

◆

『──本当にありがとうございました。全て青柳君のおかげです』

姉妹のわだかまりがなくなったことで、シャーロットさんはエマちゃんと手を繋《つな》ぎながら笑顔でお礼を言ってきた。

スッキリしたような笑顔は見ていてとても気持ちがいい。

『いや、多分俺が何もしなくてもシャーロットさんたちは仲直りしていたと思うよ。二人は、とても仲良しだからね』

『いえ、本当に青柳君のおかげです。エマが直接謝れなかったからということで、ドミノ倒しを使って謝罪文を作り上げるなんて凄《すご》いと思いました』

『それも、偶然浮かんだだけだよ。頑張って作ってくれたのはエマちゃんだからね』

『んっ！』

褒《ほ》めてもらえたと思ったんだろう。

俺たちの話を黙って聞いていたエマちゃんがドヤ顔で頷いた。

なんだろう、本当にかわいくて仕方がない。

『ふふ、この子ったらもう……エマは、本当に素晴らしいお兄ちゃんに巡り会えたと思います』

『そ、そうかな？　そんなことないと思うけど……』

『いえ、青柳君は本当に頼りになられて、素晴らしい御方です。私は、この運命の巡り会わせにとても感謝しています』

シャーロットさんは胸に手を当て、感謝の意を示すために目を閉じた。

今回の一件でシャーロットさんにかなり買われたようだ。

『あはは、そこまで買ってもらえて嬉しいよ。これからも何かあれば喜んで協力するから、遠《えん》慮《りょ》せずに言ってきてね』

『………』

『シャーロットさん……？』

なんだろう、ジッと見つめられてちょっと居心地が悪い。

『あっ、いえ……なんでもないですよ』

声をかけると、シャーロットさんははにかんだ笑顔を返してきた。

髪を手で耳にかけて、何か落ち着きなく髪を弄《いじ》っている。

何もないようには見えないのだけど……。

『まぁ、いつでも言ってくれたらいいから。俺もシャーロットさんの力になれるなら嬉しいし』

『――っ！　あ、青柳君ってなんとなく思ってましたが……天然ジゴロなのでは……』

『えっ、なんて言ったの？　ごめん、うまく聞き取れなかった』

『あっ、いえ、なんでもないです！』

あれ、聞いたら駄目だったかな？

急にシャーロットさんは慌て始めてしまった。

『えっとね、いまロッティーね、てんねん――』

『エマ、それ言ったらだめだから……！』

俺には聞き取れなくても、隣に立っているエマちゃんには聞き取れていたらしい。

シャーロットさんが先程何を言ったのか教えてくれようとしたエマちゃんの口を、シャーロットさんが押さえてしまった。

『むぅ！』

言いたいことを言えなくされたエマちゃんは、口元を押さえられながら不服そうに頬《ほお》を膨《ふく》らませてシャーロットさんを見つめる。

しかし、シャーロットさんの視線は既に俺のほうへと向いていた。

『ほ、本当に何もないので』

『あっ、うん。そうなんだね』

その態度を見て絶対に何かあると思った俺だけど、彼女はツッコんでほしくないようなのでグッと言葉を呑《の》み込んだ。

『えっと、そういえば……お礼、まだしてませんでしたね』

『えっ、いいよ、お礼なんて。見返りがほしくてやったわけじゃないんだし』

『ですが、やはりいろいろとお世話になっておりますので……』

『う～ん、本当にいいんだけどな……』

正直、シャーロットさんやエマちゃんと一緒にいられるだけで幸せなので、何もしてもらわなくても構わない。

しかし、シャーロットさんは真面目《まじめ》だからお礼をしないと気が済まないのだろう。

それならここはお言葉に甘えるべきか。

『どうしてもだめですか？』

『いや、ううん。それだったらお願いしようかな』

『あ、ありがとうございます……！　そ、それでは――』

また何かおいしいものでも作ってもらえるのかな。

そんなふうに呑気《のんき》なことを考える俺に対して、なぜかシャーロットさんは恥ずかしそうにしながら近付いてきた。

あれ、なんで彼女の顔が近付いてきてるんだろう……？

シャーロットさんのかわいらしい顔が近付いてきたので、緊張から俺の体は硬直してしまった。

そして――。

『――ちゅっ』

左頬に、しっとりした何かが触れた。

『えっ、今のは……？』

俺は感触があった左頬を左手で押さえ、シャーロットさんの顔を見つめる。

シャーロットさんは顔を真っ赤に染め、モジモジとしながら上目遣いで俺の顔を見つめてきていた。

『こ、これは、感謝の気持ちと……これからも仲良くして頂きたいという気持ちを込めてです……。こ、こんなことでは、お礼になっていないかもしれませんが……』

『い、いや、とても嬉しいけど……』

俺は戸惑いからそれ以上言葉が出てこない。

今しがた彼女がしてくれたのは、俺の頬へのキスだった。

まさか、彼女がこんなことをしてくれるとは思っておらず、驚きと戸惑い、そして嬉しさがごちゃごちゃに入り混じって頭が混乱してしまっている。

すると、シャーロットさんがはにかんだ笑みを浮かべて口を開いた。

『は、初めてしたのですが、やっぱり恥ずかしいですね……！　そ、それでは私たちはもう帰ります……！』

キスをしたことが恥ずかしかったようで、シャーロットさんは慌て気味にエマちゃんを抱きかかえて部屋を出ていこうとする。

すると、こちらを向いていたエマちゃんが両手を俺に伸ばした。

『ロッティー、エマも！　エマもおにいちゃんにしたい！』

『エマにはまだ早いよ……！　これは、お姉ちゃんだけ……！』

『わぁあああん！　ロッティーやっぱりいじわる！　おにいちゃぁあああん！』

最後はエマちゃんの泣き声が部屋内に響いたが、シャーロットさんたちの姿はすぐに見えなくなってしまった。

そして、俺は左頬を押さえたまま呆然《ぼうぜん》としてしまう。

「――やっぱり、シャーロットさんはずるすぎるよ……」

こんなことをされれば、男なら意識しないわけがない。

彼女が本当はどういうつもりでしたのかはわからないけど、完全に俺の心は彼女に摑《つか》まれてしまったのだ。

――ひょんなことから生まれた美少女留学生との接点。

これは、その接点である甘えん坊の幼女を甘やかしながら、俺と美少女留学生が幸せを摑むための物語だ。

あとがき

まず初めに、『迷子になっていた幼女を助けたら、お隣に住む美少女留学生が家に遊びに来るようになった件について』こと略して『お隣遊び』一巻をお手に取って頂き、ありがとうございます。

今作は『小説家になろう』というWebサイトで連載している作品を、書籍化して頂いたものになります。

受賞コメントで書かせて頂いたことではあるのですが、この作品はいつか書籍化すると言い続けていた作品であり、こうして皆様の元にお届けできてとても嬉しく思っております。

担当編集者さん、緑川《みどりかわ》先生をはじめとした、書籍化する際に携《たずさ》わって頂いた皆様、ご助力頂き本当にありがとうございます。

特に担当編集者さんには感謝をしてもしきれません。

実は、Web版から大きく改稿をさせて頂きたいと担当編集者さんにお願いしたことがあるのですが、その意図を説明させて頂いたところ快諾《かいだく》して頂きました。

私の我《わ》が儘《まま》できっと大きく悩ませてしまったと思うのですが、おかげさまで『お隣遊び』にとって最高の話になったと思っております。

他にもたくさんの我《わ》が儘《まま》を聞いて頂き、ありがとうございました。

緑川先生には、イメージしていた以上の素晴らしいイラストを描いて頂き、とても感謝をしております。

キャラデザインを頂いた時は、シャーロットやエマちゃんたちヒロイン層がとてもかわいく、また明人《あきひと》や彰《あきら》という男キャラもかっこよくお描き頂けていて、イラストになるのが楽しみで仕方ありませんでした。

本当に、素敵なイラストをありがとうございます。

さて、今作の話に入りたいと思うのですが、今作はシャーロットさんと明人が、エマちゃんを通じて仲良くなっていく話となりました。

明人のクラスでの立ち位置は、嫌われ者になります。

彼は過去に縛《しば》られており、自分を犠牲《ぎせい》にして他人が幸せになることを願っております。

そんなキャラであるからこそ、一部の人間以外には本心を見せません。

また、シャーロットはシャーロットで、一見社交的で誰にでも優しいキャラではありますが、実は臆病で遠慮《えんりょ》しがちな少女です。

きっとエマちゃんがいなければ、いくら美優《みゆ》先生の言葉があろうとも、この二人は会話もほとんどなく卒業したことでしょう。

エマちゃんは今作で最も重要な位置づけにいるキャラであります。

まぁWeb版では、「本妻はエマちゃんですよね？」という冗談の声も多く頂いたのですが、この子は今後も明人とシャーロットを繋《つな》ぐ天使のような存在でいてくれることでしょう。

……エマちゃん的には、ただ明人に甘えているだけですけどね。

今後とも、この三人によって紡《つむ》がれる物語をお届けできたらいいな、と思っております。

少し自分の話をさせて頂きますと、今回ダッシュエックス文庫様から本を出させて頂けたのですが、憧れの出版社様でしたので感無量の思いです。

今作で登場した漫画を描く漫画、現在連載しているスポーツを絡めたラブコメ漫画、月刊誌のほうで連載されている筝《こと》を高校生たちが弾く漫画など、本当に大好きな漫画を多く出版されている出版社様なんですよね。漫画と小説の違いはありますが、好きな作品が多々ある出版社様から本を出して頂けたことは嬉しい限りです。

これも、応援してくださっている読者の皆様のおかげです。

いつも応援をして頂き、本当にありがとうございます。

これからも皆様に楽しんで頂ける作品をお届けできるように努めますので、今後もどうぞよろしくお願いいします。

また、再度になりますが、本当に『お隣遊び』一巻をお手に取って頂き、ありがとうございました！

二巻でも皆様にお会いできることを祈っております！

この作品の感想をお寄せください。

あて先　〒101-8050　東京都千代田区一ツ橋2-5-10
集英社　ダッシュエックス文庫編集部　気付
ネコクロ先生　緑川 葉先生

ダッシュエックス文庫

迷子になっていた幼女を助けたら、
お隣に住む美少女留学生が
家に遊びに来るようになった件について

ネコクロ

2022年2月28日　第1刷発行
2024年2月21日　第4刷発行

★定価はカバーに表示してあります

発行者　瓶子吉久
発行所　株式会社　集英社
〒101−8050　東京都千代田区一ツ橋2−5−10
03(3230)6229(編集)
03(3230)6393(販売／書店専用) 03(3230)6080(読者係)
印刷所　TOPPAN株式会社
編集協力　梶原　亨

ISBN978-4-08-631458-9 C0193